O AMANTE DA CHINA DO NORTE

COLEÇÃO 50 ANOS

O AMANTE DA CHINA DO NORTE

Marguerite Duras

Tradução
Denise Rangé Barreto

EDITORA
NOVA
FRONTEIRA

Editora Nova Fronteira Participações S.A.
Rua Nova Jerusalém, 345 — Bonsucesso — 21042-235
Rio de Janeiro — RJ — Brasil
Tel.: (21) 3882-8200 — Fax: (21) 3882-8312/8313

CIP-Brasil. Catalogação na publicação
Sindicato Nacional dos Editores de Livros, RJ

D955a Duras, Marguerite, 1914-1996
O amante da China do Norte / Marguerite Duras; tradução Denise Rangé Barreto. - [ed. especial]. - Rio de Janeiro: Nova Fronteira, 2015.
(50 anos)

Tradução de: L'amant de la Chine du Nord
ISBN 9788520940921

1. Ficção francesa. I. Barreto, Denise Rangé. II. Título. III. Série.

CDD: 843
15-25653 CDU: 821.133.1-3

Para Thanh

O livro poderia ter se chamado *O amor na rua* ou *O romance do amante* ou *O amante recomeçado*. Finalmente escolhemos entre dois títulos mais vastos, mais verdadeiros: *O amante da China do Norte* ou *A China do Norte*.

Anos depois soube que ele havia morrido. Foi em maio de 1990, portanto está fazendo um ano. Eu nunca pensara na sua morte. Disseram-me também que estava enterrado em Sadec, que a casa azul ainda existia, habitada por sua família e por crianças. Que ele fora amado em Sadec por sua bondade, sua simplicidade, e também que se tornara muito religioso no fim da vida.

Abandonei o trabalho que estava fazendo. Escrevi a história do amante da China do Norte e da criança: ela ainda não existia em *O amante*, não havia tempo. Escrevi este livro em meio à louca felicidade de escrever. Demorei um ano com ele, fechada naquele ano do amor entre o chinês e a criança.

Não fui além da partida do navio de linha, isto é, da partida da criança.

Eu não imaginara absolutamente que a morte do chinês pudesse acontecer, a morte do seu corpo, da sua pele, do seu sexo, das suas mãos. Durante um ano voltei à idade da travessia do Mekong na balsa de Vinh-Long.

Desta vez, ao longo da narrativa, apareceu-me repentinamente, em meio à luz resplandecente, o rosto de Thanh — e o do irmãozinho, a criança diferente.

Fiquei dentro da história com eles, e somente com eles. Voltei a ser uma escritora de romances.

Maio de 1991
Marguerite Duras

Uma casa no centro de um pátio escolar. Está completamente aberta. Dir-se-ia uma festa. É possível ouvir valsas de Strauss e de Franz Lehar, e também "Ramona" e "Noites da China" saindo pelas portas e janelas. Jorra água em toda parte, dentro e fora.

A casa está sendo literalmente lavada. É banhada assim duas ou três vezes por ano. Garotos amigos e filhos de vizinhos também vieram ver e ajudar, com grandes jatos d'água, a lavar os assoalhos, as paredes, as mesas. Enquanto lavam, eles dançam ao som da música europeia. E riem. Cantam.

É uma festa viva, alegre.

A música é tocada pela mãe, uma senhora francesa, que está ao piano na sala ao lado.

Entre os que dançam há um rapaz muito jovem, francês, bonito, dançando com uma moça também muito jovem, também francesa. Eles se parecem.

Ela é a que não tem nome no primeiro livro, nem no precedente, nem neste aqui.

Ele é Paulo, o irmãozinho adorado por esta jovem irmã, a que não tem nome.

Um outro rapaz chega à festa: é Pierre, o irmão mais velho.

Coloca-se a alguns metros da festa e observa.

Durante um longo tempo ele observa a festa.

E depois o faz: afasta os garotos que fogem apavorados. Ele avança. Chega até o irmãozinho e a irmã.

E o faz: segura o irmãozinho pelos ombros, empurra-o até a janela aberta do mezanino e, como se fosse levado por um dever cruel, joga-o para fora como faria com um cachorro.

O jovem irmão se levanta e foge bem na frente dele, gritando sem dizer uma palavra.

A jovem irmã vai atrás: salta pela janela, indo ao seu encontro. Ele deitou-se contra a cerca do pátio e chora, treme, diz que prefere morrer àquilo... aquilo o quê?... Já não sabe mais, esqueceu-se, não disse que era o irmão maior.

A mãe recomeçou a tocar piano. Mas as crianças da vizinhança não voltaram. E os garotos, por sua vez, abandonaram a casa deixada pelas crianças.

Veio a noite. O cenário é o mesmo.

A mãe ainda está no mesmo lugar onde aconteceu a "festa" à tarde.

Tudo foi posto em ordem. Os móveis estão no lugar.

A mãe não espera nada. Está no centro do seu reinado: esta família, aqui vislumbrada.

A mãe não impede mais nada. Ela não impedirá mais nada.

Deixará acontecer o que deve acontecer.

Ao longo da história aqui contada.

É uma mãe sem coragem.

O irmão mais velho olha para a mãe, e sorri para ela. Mas ela não o vê.

Um livro.
Um filme.
A noite.

A voz que aqui fala é aquela, escrita, do livro.
Voz cega. Sem rosto.
Tão jovem.
Silenciosa.

Uma rua reta. Iluminada por lampiões de gás.
Recoberta de pedras, parece. Antiga.
Margeada por árvores gigantescas.
Antiga.

De cada lado dessa rua há casas brancas com varandas.
Cercadas de grades e parques.

É um posto militar ao sul da Indochina francesa.
Em 1930.
No bairro francês.
Uma rua do bairro francês.
A noite tem o cheiro do jasmim.
Misturado ao cheiro insípido e suave do rio.

Alguém anda à nossa frente. Não é quem está falando.

É uma moça bem jovem, ou mesmo uma criança. Parece ser isso. Seu caminhar é flexível, e tem os pés nus. Delgada, talvez magra. As pernas... Sim... É isso... Uma criança. Já grande.

Caminha na direção do rio.

No final da rua, essa luz amarelada dos lampiões difunde a alegria, os apelos, os cantos, os risos, é realmente o rio. O Mekong.

Uma cidade de veleiros chineses.

É o começo do Delta. Do fim do rio.

Perto da estrada, no parque que fica ao longo dela, a música que se pode ouvir é de um baile. Ela chega do parque da Administração-Geral. Um disco, sem dúvida esquecido, rodando no parque deserto.

A festa do Posto teria então sido lá, atrás da grade ao longo do parque. A música do disco é de uma dança americana em moda há alguns meses.

A jovem toma a direção do parque e vai ver o lugar da festa por trás da grade. Nós a seguimos. Paramos em frente ao parque.

Sob a luz de um lampadário, uma pista branca atravessa o parque. Está vazia.

Agora uma mulher num vestido longo vermelho-escuro avança lentamente no espaço branco da pista. Ela vem do rio.

Desaparece na Residência.

A festa deve ter acabado cedo devido ao calor. Resta apenas esse disco esquecido que roda num deserto.

A mulher de vermelho não voltou a aparecer. Deve estar no interior da Residência.

As varandas do primeiro andar se apagaram e, pouco depois da sua passagem, no térreo, no coração da Residência, lâmpadas se acenderam.

A pista permanece vazia.

A mulher de vermelho não volta.

A jovem volta para a estrada e desaparece entre as árvores.
Agora ei-la outra vez. Caminha novamente para o rio.

Está diante de nós. Vê-se mal o seu rosto na luz amarela da rua. No entanto, parece que sim, é muito jovem. Talvez uma criança. De raça branca.

A pista também se apagou. A mulher de vermelho não voltou.
Resta essa luz de fraca intensidade no centro da Residência.

Logo depois que a pista se apagou, começou a chegar da Residência, tocada ao piano, aquela canção de valsa morta. A de um livro, não se sabe mais qual.

A jovem para. E escuta. Pode-se vê-la escutando.
Virou a cabeça na direção da música e fechou os olhos. O olhar cego está fixo.
Pode-se vê-la melhor. Sim, é muito jovem. Ainda uma criança. E está chorando.

A jovem está imóvel. E chorando.

No filme não diremos o nome dessa Valsa.
Neste livro vai se chamar: A Valsa Desesperada.

A jovem vai escutá-la ainda depois que ela terminar.
No filme, neste livro, chamaremos a jovem de a Criança.

A criança sai da imagem. Ela deixa o campo da câmera e o da festa.

A câmera varre lentamente o que acabamos de ver, depois vira e parte na direção que a criança tomou.

A rua volta a ficar vazia. O Mekong desapareceu.
Está mais claro.
Não há mais nada para ver além do desaparecimento do Mekong, e a rua reta e escura.

Um portão.
É um pátio de escola.
Na mesma noite. A mesma criança.
É uma escola. O chão do pátio é de terra batida.
É alisado pelos pés descalços das crianças do posto.

É uma escola francesa. Sobre o portão estava escrito: Escola francesa para meninas da cidade de Vinh-Long.

A criança abre o portão.
Volta a fechá-lo.
Atravessa o pátio vazio.
Entra na casa.

Nós a perdemos de vista.
Ficamos no pátio vazio.

No vazio deixado pela criança surge uma terceira música, cortada por gargalhadas estridentes e gritos. É a mendiga do Ganges que atravessa o posto como toda noite. Sempre para tentar atingir o mar, a estrada de Chittagong, a das crianças mortas, dos mendigos da Ásia que, há mil anos, tentam encontrar o caminho para as águas cheias de peixes da Sonda.

Quarto de dormir da mãe e da criança.

É um quarto colonial. Mal-iluminado. Sem mesinhas de cabeceira. Uma única lâmpada no teto. Como móveis, uma grande cama de ferro de dois lugares, muito alta, e um armário com espelho. A cama é colonial, envernizada de preto e enfeitada com bolas de cobre nos quatro cantos do baldaquim também preto. Dir-se-ia uma jaula. Está inteiramente fechada, até o chão, por um mosquiteiro branco como a neve. Não há travesseiros, mas almofadas duras, de crina. Não há lençóis tampouco. Os pés da cama ficam mergulhados em recipientes com água e granizo que os deixam isolados da calamidade das colônias, os mosquitos da noite tropical.

A mãe está deitada.

Não está dormindo.

Espera por sua criança.

Aqui está ela. Vem de fora, atravessa o quarto. Talvez possamos reconhecer a sua silhueta, o seu vestido. Sim, é aquela que caminhava para o rio na rua reta ao longo do parque.

Vai até o chuveiro. Pode-se ouvir o ruído da água.

Volta.

Só então pode-se vê-la bem. Sim, nitidamente, ainda é uma criança. Magra, quase sem seios. Os cabelos são longos, castanho-avermelhados, ondulados, usa tamancos indígenas em madeira leve com fivelas de couro. Tem olhos verde-claros estriados de marrom. Dizem que são como os do pai, já falecido. Sim, era ela, a criança da rua reta que havia chorado com a Valsa. Era também a que sabia que a mulher tocando a Valsa era a mesma de vestido vermelho que havia passado na pista branca. E apenas ela sabia também que a criança era a única em todo o posto a saber aquelas coisas. Em todo o posto e fora dele. Assim era a criança. Está usando a mesma blusa de algodão branco que a mãe usa, de alças cruzadas, feita por Dô.

Ela afasta as duas aberturas do mosquiteiro, prende-as rapidamente sob o colchão, entra pela fresta aberta e torna a fechar. A mãe não estava dormindo. Senta-se perto da criança e trança os seus cabelos para a noite. Faz isso maquinalmente, sem olhar.

Ao longe, pode-se apenas distinguir o rumor da cidade do rio que só se apaga com o dia.

A criança pergunta:

— Viu Paulo?

— Ele veio, comeu na cozinha com Thanh, depois foi embora.

A criança diz que foi à festa para ver se ele estava lá, mas a festa tinha acabado e não havia mais ninguém lá.

Diz também que irá procurá-lo mais tarde, que sabe onde deve estar escondido. Que fica tranquila quando ele está fora, longe de casa. Que sabe que continua esperando por ela onde está, para não voltar para casa sozinho — uma vez que Pierre estaria lá esperando para bater nele novamente. A mãe diz que é quando ele está fora que sente medo, das cobras, dos loucos... e também que ele vá embora... assim... que de repente não reconheça mais nada, e fuja. Diz que isso pode acontecer com crianças daquele tipo.

A criança, por sua vez, tem medo de Pierre. Que ele mate Paulo. Que o mate, diz ela, talvez sem nem mesmo saber que o está matando.

Diz também:

— Não é verdade o que está dizendo. Não teme por Paulo. Só teme por Pierre.

A mãe não leva em consideração o que disse a filha. Olha-a demoradamente, subitamente terna, longe do que estavam falando. Muda então de conversa:

— Sobre o que escreverá quando começar um livro?

A criança grita:

— Sobre Paulo. Sobre você. Sobre Pierre também, mas aí será para fazê-lo morrer.

Vira-se violentamente para a mãe e chora abraçada a ela. E grita novamente, baixinho:

— Mas por que você o ama dessa maneira, e não a nós, nunca...

A mãe mente:

— Amo os meus três filhos com a mesma intensidade.

A criança grita mais uma vez. Ao ponto de mandar que se cale. De dar-lhe uma bofetada.

— Não é verdade, não é verdade. É uma mentirosa... Responda de uma vez... Por que o ama desta maneira e não a nós?

Silêncio. E a mãe responde num suspiro:

— Não sei por quê.

Um tempo longo. Ela continua:

— Eu nunca soube...

A criança deita-se sobre o corpo da mãe e abraça-a, chorando. Fecha a boca com a mão para que não fale mais desse amor.

A mãe deixa-se insultar, maltratar. Está sempre nessa outra espera da vida, a dessa preferência cega. Isolada. Perdida. Distante de qualquer raiva.

A criança está suplicante; mas de nada vai adiantar.

— Se ele não sair de casa, um dia matará Paulo. E o que é mais terrível: você sabe disso...

Baixinho, quase sem voz, a mãe diz que sabe. Que aliás no dia anterior à noite escreveu a Saigon pedindo o repatriamento de seu filho para a França.

A criança se ergue. Solta um grito surdo, de libertação e dor.

— É verdade?

— Sim.

— Tem certeza?

A mãe diz:

— Desta vez sim. Anteontem ele roubou mais uma vez na fumaria de ópio. Paguei pela última vez. Depois escrevi para a Direção do Repatriamento. E desta vez coloquei a carta no correio na mesma noite.

A criança abraçou a mãe, que não chora: uma morta.

A criança chora baixinho:

— Como é terrível ter que chegar a este ponto... como é terrível.

A mãe diz que sem dúvida sim, mas que ela já não sabe mais... Que sim, realmente deve ser horrível, mas que já não sabe mais nada sobre isso. Mãe e criança estão abraçadas. A mãe, sempre sem uma lágrima. Morta de viver.

A criança pergunta se ele sabe que vai partir.

A mãe diz que não. Que o mais difícil era isso, ter que contar-lhe que tudo estava acabado.

A mãe acaricia os cabelos da filha e diz:

— Não deve ter pena dele. É horrível para uma mãe ter que dizer isto, mas vou dizer assim mesmo: ele não merece isso. Você precisa saber: Pierre é o tipo de pessoa que não merece que alguém sofra por ele.

Silêncio da criança. A mãe diz ainda:

— O que quero dizer é que Pierre não merece mais que o salvemos. Porque Pierre acabou, é tarde demais, é um caso perdido.

A criança grita entre soluços:

— É por isso que o ama.

— Não sei bem... Certamente. Sim, é também por isso... Você também está chorando por isso. É a mesma coisa.

A mãe toma a criança em seus braços e diz:

— Mas também os amo muito, Paulo e você...

A criança afastara-se da mãe e olhara para ela. Pôde ver que a mãe acabava de falar com toda a inocência. A criança quis urrar, insultá-la, matá-la. Mas ela apenas sorriu.

A mãe ainda falou com aquela "garotinha", sua criança menor, e disse-lhe que mentira sobre as razões do repatriamento de Pierre, do fato de separar-se dele. Que não era apenas por causa do ópio.

A mãe diz:[1]

Há um ou dois meses, já não sei bem, eu estava no quarto de Dô, você e Paulo vieram jantar. Eu não apareci. Isto me acontece algumas vezes, vocês não devem saber — para poder vê-los juntos, os três, escondo-me no quarto de Dô. Thanh chegou, como sempre, e colocou sobre a mesa o thit-kho e o arroz. E saiu.

[1] No caso de um filme, pode-se escolher: permanece-se sobre o rosto da mãe que fala sem ver, ou vê-se a mesa e as crianças a quem a mãe se refere. A autora prefere a segunda opção.

Então Paulo se serviu. Pierre chegou depois. Paulo havia apanhado o pedaço maior do prato de thit-kho e você deixou ficar. Foi então que Pierre chegou e você teve medo. Pierre não se sentou logo. Olhou primeiro o seu prato vazio e olhou o prato de Paulo. E riu. Seu riso era fixo, assustador. Pensei que quando ele morresse teria aquele sorriso. Primeiro Paulo riu, e disse:

— É para rir.

Pierre apanhou o pedaço de carne no prato de Paulo e colocou no seu. E comeu como se fosse um cachorro. E urrou: um cachorro, sim, era isso.

— Seu cretino. Sabe muito bem que os pedaços grandes são para mim.

Foi você quem gritou, e perguntou:

— Por que para você?

E ele respondeu:

— Porque é assim.

E você gritou alto. Tive medo de que a ouvissem na rua. Gritou:

— Eu queria que você morresse.

Pierre fechou os punhos prestes a arrebentar a cara de Paulo. Paulo começou a chorar. E Pierre gritou:

— Fora! Fora imediatamente!

E vocês dois foram embora correndo.

A criança pede desculpas à mãe por ter gritado com ela. Choram juntas, deitadas lado a lado na cama.

A mãe diz:

— Foi ali que comecei a compreender que precisava tomar cuidado comigo mesma. Que Paulo estava em perigo de morte, por minha causa. E foi somente ontem que escrevi a Saigon para repatriá-lo. Pierre... é como se fosse mais mortal do que qualquer outro para mim...

Silêncio. A mãe vira-se para a filha, desta vez chorando.

— Se você não estivesse aqui, Paulo já estaria morto há muito tempo. E eu o sabia. É isso o mais terrível: eu o sabia.

Um longo silêncio.

A criança é tomada por uma raiva e grita:

— Você não sabe, amo Paulo mais do que tudo no mundo. Mais do que a você. Que tudo. Paulo há muito tempo vive com medo de você e de Pierre. Ele é como se fosse o meu noivo; Paulo, a minha criança, é o meu maior tesouro...

— Eu sei...

A criança grita:

— Não, você não sabe. Nada.

A criança se acalma. Toma a mãe em seus braços e fala-lhe com uma súbita suavidade, explicando:

— Você não sabe mais nada. Precisa saber disso. Nada. Acha que sabe, mas não sabe nada. Sabe dele, Pierre. Mas de Paulo e de mim não sabe mais nada. Não é sua culpa. É assim. Nada. Nada. Não deve se preocupar com isso.

Silêncio.

O rosto da mãe está imóvel, apavorado.

O rosto da criança também está apavorado. Estão ambas rígidas, face a face. E de repente baixam o olhar envergonhadas.

É a mãe quem baixa os olhos. E se cala. Parece morta. Em seguida lembra-se da criança que está fora e grita:

— Vá buscar Paulo... vá depressa... de repente tenho medo por ele.

A mãe diz:

— É amanhã que voltará para o liceu, precisa se acostumar a dormir mais cedo, já está como eu, uma pessoa da noite.

— É a mesma coisa...

— Não.

A criança entrou na casa pelo lado da sala de jantar que dá para o grande pátio da escola. Está tudo aberto.

Ela está de costas, em frente ao terraço e à rua.

Está procurando o irmãozinho. Ela olha. Avança por entre as árvores. Olha sob os canteiros.

De repente fica como que diluída na luz da lua, reaparecendo depois.

É possível vê-la em diferentes lugares do pátio. Descalça, silenciosa, vestindo uma camisola de criança.

Ela desaparece numa sala de aula vazia.

Reaparece no grande pátio iluminado pela lua.

Então pode-se vê-la diante de alguma coisa que olha, mas ainda não se distingue o que é: Paulo. Vê-se que avança para ele: o irmãozinho do baile. Ele está dormindo na galeria que fica ao longo das classes, atrás de uma mureta, à sombra da lua. Ela para. Deita-se perto dele e contempla-o como se fosse sagrado.

Ele dorme profundamente. Os olhos entreabertos como "aquelas" crianças. Tem o rosto liso, intacto como são os daquelas crianças "diferentes".

Ela beija-lhe os cabelos, o rosto, as mãos sobre o peito, e chama, chama baixinho: Paulo.

Ele dorme.

Ela se levanta e chama ainda mais baixo: Paulo. Meu tesouro. Minha pequena criança.

Ele desperta e olha para ela. E então a reconhece.

Ela diz:

— Venha se deitar.

Ele se levanta e a segue.

Os pássaros da noite estão gritando.

O irmãozinho para, escuta os pássaros, e continua.

Ela lhe diz:

— Não deve mais ter medo. De ninguém. Nem de Pierre. Nem de nada. Nada. Nunca mais. Está entendendo? Nunca mais. Nunca. Jure.

O irmãozinho jura. E depois esquece. Ele diz:

— A lua acorda os pássaros.

Afastam-se. O pátio volta a ficar vazio. Nós os perdemos de vista. Reaparecem. Continuam a andar nos pátios da escola. Não falam nada.

Até que a criança para e mostra o céu. E diz:

— Veja o céu, Paulo.

Paulo para e olha o céu. E repete as palavras: o céu... os pássaros...

Podemos ver o céu de uma ponta à outra da terra, ele é uma laca azul pontilhada de brilhos.

Podemos ver as duas crianças que olham juntas para este mesmo céu. E depois vemos que olham o céu separadamente.

Depois vemos Thanh que chega da rua e avança na direção das duas crianças.

Depois revemos o céu azul crivado de brilhos.

E ouvimos a Valsa sem palavras, dita *desesperada*, assoviada por Thanh sobre um plano fixo do azul do céu.

Às vezes, quando eram bem pequenos, a mãe os levava para ver a noite na estação seca. Dizia-lhes para olharem bem o céu, azul como se fosse pleno dia, aquela claridade da terra até o limite da vista. Para ouvirem também os ruídos da noite, os chamados das pessoas, seus risos, seus cantos, os lamentos dos cães também, mal-assombrados pela morte, todos aqueles apelos que representavam ao mesmo tempo o inferno da solidão e a beleza dos cantos que representam essa solidão: era preciso também escutá-los. Que o que se costumava esconder das crianças, ao contrário, era preciso dizer-lhes, o trabalho, as guerras, as separações, a injustiça, a solidão, a morte. Sim, esse lado da vida, ao mesmo tempo infernal e irremediável, era preciso também mostrá-lo às crianças, era como olhar o céu, a beleza das noites do mundo. As crianças frequentemente pediam à mãe que explicasse o que entendia por aquilo. A mãe sempre respondera que não sabia, que ninguém sabia. E que também isso era preciso saber. Saber, antes de tudo, isto: que não sabemos nada. Que mesmo as mães que diziam aos seus filhos que sabiam tudo, não sabiam.

A mãe. Ela fazia-os lembrar também que aquele país da Indochina era a sua pátria; aquelas crianças, seus filhos. Que era lá que tinham nascido, que era lá também que ela encontrara o seu pai, o único homem que amara. Aquele homem que não haviam conhecido porque eram muito pequenos quando ele morreu e ainda tão pequenos após aquela morte que só lhes falara muito pouco sobre tudo para não estragar a sua infância. E também que o tempo passara e o amor pelos seus filhos invadira a sua vida. E depois a mãe chorava. E Thanh cantava na sua língua desconhecida a história da sua infância na fronteira do Sião quando a mãe o encontrara e o trouxera para o bangalô junto com os seus outros filhos. Para ele aprender o francês, ela dizia, e também a lavar-se, e comer bem, e isso todos os dias.

Também a criança se lembrava, e chorava com Thanh quando ele cantava aquela canção que ele chamava de "A infância distante" e que contava tudo o que acabamos de dizer sobre a Valsa Desesperada.

O rio.

A balsa sobre o Mekong. A balsa dos livros.

Do rio.

Na balsa está o ônibus para indígenas, os longos Léon Bollée pretos e os amantes da China do Norte que olham.

A balsa vai embora.

Após a partida a criança desce do ônibus. Ela olha o rio. Olha também o chinês elegante que está no interior do grande carro preto.

Ela, a criança, está maquiada, vestida como a jovem dos livros: o vestido de seda indígena de um branco amarelado, o chapéu de homem da "infância e da inocência", de aba chata, em feltro-flexível-cor-de-rosa-com-uma-fita-preta-larga, os sapatos de baile, muito gastos, completamente deformados, de lamê-preto-por-favor, com enfeites de *strass*.

Da limusine preta saiu um outro homem diferente daquele do livro, um outro chinês da Manchúria. É um pouco diferente daquele do livro: um pouco mais robusto, menos medroso, com mais audácia. Tem mais beleza, mais saúde. É mais "para o cinema" que o do livro. E também menos tímido que ele frente à criança.

Ela continuou a mesma do livro, pequena, magra, atrevida, difícil de desvendar, difícil de dizer quem é, menos bonita do que parece, pobre, filha de pobres, ancestrais pobres, granjeiros, sapateiros, sempre a primeira em francês, em toda parte, e detestando a França, inconsolável com o país do nascimento e da infância, cuspindo a carne vermelha dos filés ocidentais, apaixonada pelos homens frágeis, sexual como nunca se viu antes. Louca por ler, ver, insolente, livre.

Ele, um chinês. Um chinês grande. Tem a pele branca dos chineses do norte. É muito elegante. Usa um traje em tecido de seda grega e os sapatos ingleses cor acaju dos jovens banqueiros de Saigon.

Olha para ela.

Olham-se. Sorriem mutuamente. Ele se aproxima.

Está fumando um 555. Ela é muito jovem. Há um pouco de medo na sua mão que treme, ligeiramente, quando ele lhe oferece um cigarro.

— Fuma?

Ela faz sinal que não.

— Desculpe-me... É tão inesperado encontrá-la aqui... Não pude imaginar...

A criança não responde. Não sorri. Lança para ele um olhar profundo. A palavra certa para descrever aquele olhar seria selvagem. Insolente. Sem constrangimento, como diz a mãe: "Não se olha as pessoas dessa forma." Dá a impressão de que ela não ouve bem o que ele diz. Ela olha as roupas, o carro. Ao redor dele paira o perfume da água-de-colônia europeia, ao longe, com o do ópio e o da seda, do tussor de seda, do âmbar da seda, do âmbar da pele. Ela olha tudo. O motorista, o carro, e novamente ele, o chinês. A infância aparece naqueles olhares de uma curiosidade deslocada, sempre surpreendente, insaciável. Ele a observa olhando todas aquelas novidades que a balsa transporta naquele dia.

É então que começa a curiosidade dele.

A criança diz:

— Que carro é este seu?

— Um Morris Léon Bollée.

A criança demonstra não conhecer, e ri. Ela diz:

— Nunca ouvi este nome...

Ele ri também. Ela pergunta:

— Quem é você?

— Eu moro em Sadec.

— Onde em Sadec?

— Na beira do rio, é a casa grande com varandas. Logo depois de Sadec.

A criança reflete e se lembra. Ela diz:

— A casa azul-clara de azul chinês...

— Isso mesmo. Azul-chinês-claro.

Ele sorri e ela olha para ele, que diz:

— Nunca a vi em Sadec.

— Minha mãe foi nomeada para Sadec há dois anos e eu moro num pensionato em Saigon. É por isso.

Silêncio. O chinês diz:

— Sentiu saudades de Vinh-Long...

— Sim. Foi isso que achamos mais bonito.

Ambos sorriem.

Ela pergunta:

— E você?

— Eu, estou voltando de Paris. Fiz meus estudos na França por três anos. Faz alguns meses que voltei.

— Estudos de quê?

— Nada de especial, nem vale a pena falar. E você?

— Estou preparando o meu exame de admissão ao colégio Chasseloup-Laubat. Sou interna no pensionato Lyautey.

E completa como se isto tivesse alguma coisa a ver:

— Eu nasci na Indochina. Meus irmãos também. Nós todos nascemos aqui.

Ela olha o rio. Ele fica intrigado. Seu medo acabou e ele sorri. Fala. Diz:

— Posso levá-la a Saigon, se quiser.

Ela não hesita. O carro, e ele com seu ar de zombaria... Ela está contente. Pode-se ver no sorriso dos olhos. Vai falar sobre o Léon Bollée ao seu irmãozinho Paulo. Isso ele vai compreender.

— Aceito.

O chinês diz — em chinês — ao seu motorista que apanhe a mala da criança no ônibus e a coloque no Léon Bollée. E o motorista obedece.

Os carros subiram a rampa da balsa. Estão agora na margem. As pessoas vêm a pé ao seu encontro, e param diante dos vendedores ambulantes. A criança olha os doces — feitos de milho partido no leite de coco e adoçados com melado, envolvidos em folha de bananeira.

O chinês oferece-lhe um. Ela apanha e o devora. Não agradece.

De onde ela vem?

Aquela gracilidade do corpo poderia denunciá-la como mestiça, mas não, os olhos são muito claros.

Ele a observa devorando o doce. E então pergunta num tom de mais intimidade:

— Você quer um outro?

Ela percebe que ele está rindo. Diz que não, que não quer.

A segunda balsa deixou a outra margem. Está se aproximando.

De repente a criança olha fascinada aquela balsa que chega. A criança esquece o chinês.

Na balsa que se aproxima ela acaba de reconhecer o Lancia preto conversível da mulher de vestido vermelho da Valsa da noite.

O chinês pergunta quem é.

A criança hesita em responder. Ela não responde ao chinês. Diz os nomes "por dizer". Numa espécie de encantamento secreto ela diz:

— É a sra. Stretter. Anne-Marie Stretter. A mulher do administrador-geral. Em Vinh-Long é chamada de A.M.S...

Ela sorri, desculpando-se por saber tanto.

O chinês está intrigado com o que diz a criança. Diz que deve ter ouvido falar daquela mulher em Sadec. Mas que não sabe nada sobre ela. Entretanto... em seguida lembra-se daquele nome...

A criança diz:

— Ela tem muitos amantes, é disso que está se lembrando...

— Eu acho... sim... deve ser isso...

— Houve um, muito jovem, que teria se matado por ela... não sei muito bem.

— Ela é bonita... eu pensava que fosse mais jovem... dizem que é meio louca... não é?

Sobre a loucura a criança não tem opinião. Ela diz:

— Eu não sei nada sobre a loucura.

O carro — eles partiram. Estão no caminho para Saigon. Ele a olha com um olhar profundo. O tratamento mais íntimo ainda involuntário no chinês se confunde com uma certa cerimônia:

— É comum que lhe ofereçam um lugar na balsa, não é mesmo?

Ela faz um sinal afirmativo.

— Algumas vezes recusa?

Ela faz um sinal: sim, algumas vezes.

— Quando há... crianças muito pequenas... choram o tempo todo...

Ambos riem, um pouco distraidamente, parece, um pouco demais. Riem da mesma maneira. Uma maneira de rir deles.

Após aquele riso ela olha para fora. Ele olha então os sinais da miséria. Os sapatos de cetim preto puído, a mala "indígena" de papelão, o chapéu de homem. Ele ri. O seu riso faz com que ela ria também.

— Vai à escola com esses sapatos?

A jovem olha para os sapatos. Talvez pela primeira vez, pode-se dizer, ela os vê. E ri como ele. Diz: sim...

— E com esse chapéu também?

Sim. Também. E ri ainda mais. O riso é tão natural que é uma gargalhada. E ele ri com ela, da mesma forma.

— Olhe... ele lhe cai muito bem... o chapéu, é fantástico como ele lhe cai bem... como se tivesse sido feito para você...

Ela pergunta rindo:

— E os sapatos...?

O chinês ri ainda mais. E diz:

— Quanto aos sapatos, não sei opinar.

E dão boas gargalhadas olhando os sapatos pretos.

Foi aí, deve ter sido aí, depois dessa gargalhada, que a história se inverteu.

Param de rir. Olham para fora, a perder de vista, os arrozais. O vazio do céu. O calor lívido. O sol velado.

E por toda parte as pequenas estradas para as charretes puxadas por búfalos e conduzidas por crianças.

Estão fechados juntos, na penumbra do carro.

É essa interrupção do movimento, do falar, aqueles falsos olhares para a monotonia exterior, a estrada, a luz, os arrozais até a linha do horizonte, que fazem com que essa história pouco a pouco se cale.

O chinês não fala mais com a criança. Parece tê-la deixado. Está distraído com a viagem. Olhando para fora. Quanto a ela, olha a mão dele pousada sobre o braço do banco. Ele esqueceu essa mão. O tempo passa. Até que, sem se dar muito conta disso, ela a segura. Olha para ela. Segura-a como a um objeto nunca visto tão de perto: uma mão chinesa, de homem chinês. É magra, curvando-se na direção das unhas, um pouco como se estivesse quebrada, atingida por uma adorável enfermidade, tendo a graça da asa de um pássaro morto.

No anular, um anel de monograma em ouro com um diamante engastado na espessura central do ouro.

Esse anel é grande demais, pesado demais para o anular daquela mão. Ela não tem certeza, mas aquela mão deve ser bela, e é mais escura que o braço. A criança não olha para o relógio que está perto da mão. Nem para o anel. Está maravilhada com a mão. Toca-a "para ver". A mão está dormindo. Não se mexe.

Até que, lentamente, ela se inclina sobre a mão.

Aspira-a. Olha-a.

Olha a mão nua.

Então para bruscamente. Não a olha mais.

Não sabe se ele está dormindo ou não. Larga a mão. Não, parece que não está dormindo. Ela não sabe. Vira a mão, muito delicadamente, olha o seu outro lado, o interior, nu, toca a pele de seda recoberta por uma fresca umidade. Depois recoloca-a no lugar onde estava antes, sobre o braço do banco. Ajeita-a. A mão, dócil, deixa-se levar.

Não se vê nada do chinês, nada, nem mesmo um sinal de movimento. Talvez esteja dormindo.

A criança vira-se para o lado de fora, para os arrozais, o chinês. O ar treme com o calor.

É um pouco como se ela, no sono, tivesse levado consigo a mão e a tivesse guardado.

Deixa a mão longe de seu corpo. Não a olha mais.

Adormece.

Dá a impressão de ter adormecido.

Mas ela sabe que não, que não adormeceu, acredita nisso. Não se sabe.

O chinês estava dormindo? Nunca se saberá. Ela nunca soube. Quando acordou ele olhava para ela. Viu quando adormecia e foi então que ela acordou.

Não falam da mão. Como se nada tivesse acontecido. Ele pergunta:

— Em que ano da escola está?

— No segundo.

— Quantos anos tem?

Ligeira hesitação da criança.

— Dezesseis.

O chinês duvida.

— É muito pequena para 16 anos.

— Sempre fui pequena, serei pequena a vida inteira.

Ele a olha profundamente — ela não olha para ele — e pergunta:

— Você mente algumas vezes...

— Não.

— É impossível. Como é que faz para não mentir?

— Não digo nada.

Ele ri e ela diz:

— A mentira também me dá medo. Não consigo evitar, é mais ou menos como a morte.

Completa afirmando:

— Você não mente.

Ele olha para ela. Reflete. Diz espantado:

— Curioso... é verdade...

— Não sabia?

— Não... tinha esquecido, ou talvez... nunca tenha sabido.

Ela olha para ele, acredita e diz:

— Como faz para não mentir...

— Nada. Talvez porque eu não tenha nada para mentir na vida... não sei...

Sente vontade de beijá-lo. Ele percebe e sorri para ela, que pergunta:

— Contaria à sua mãe?

— O quê?

Ela hesita e diz:

— O que aconteceu conosco.

Olham-se mutuamente. Ele quase diz que não entende mas acaba dizendo:

— Sim, imediatamente. Teríamos falado disso durante toda a noite. Ela adorava essas coisas... inesperadas, diz-se assim não é mesmo?

— Sim. Pode-se dizer também de outra maneira.

— E você... dirá à sua mãe?

— Nada — ela ri —, apenas uma leve ideia...

O chinês sorri para a criança e diz:

— Nada? Nunca?

— Nada. Nunca. Nada.

Ela toma-lhe a mão e beija-a.

Ele a olha com os olhos fechados.

Ela diz:

— Você se enganou, não contaria nada à sua mãe.

Ela sorri, delicada, suave. Está olhando para ele, que diz:

— Por outro lado eu tenho 27 anos. Sem profissão...

— E ainda por cima chinês...

— Sim, ainda por cima... — olha bem para ela — mas como você é encantadora... Alguém já lhe disse isso?...

Ela sorri.

— Não.

— E bonita? Alguém já lhe disse que é bonita?

Não, ninguém disse. Que é pequena, sim, mas bonita, não. Ela diz:

— Você gosta que lhe digam...

— Sim.

O chinês ri de uma maneira diferente. Ela ri com ele.

— Então nunca lhe disseram nada...

— Nada.

— E que era desejada... alguém já lhe disse?... É impossível que não, já devem ter dito.

A criança não ri mais da mesma maneira.

— Sim... alguns malandrinhos... mas não era nada, estavam se divertindo... Sobretudo mestiços. Nunca franceses.

O chinês não ri. Ele pergunta:

— E chineses?...

A criança sorri e diz, espantada:

— Chineses também não, nunca, é verdade...

Silêncio.

O chinês subitamente adquire um sorriso de criança.

— E gosta de estudar?

Ela reflete, diz que não sabe muito bem se gosta ou não, mas talvez, sim, gosta. Ele diz que gostaria de ter cursado a Faculdade de Letras de Pequim. Que a sua mãe estava de acordo. Que fora seu pai quem não quisera. Para aquelas gerações de chineses era preciso aprender o francês e o inglês-americano. Esquecera-se. Tinha ido também à América por um ano exatamente para isso.

— Para fazer o quê, mais tarde...

— Banqueiro — ele sorri —, como todos os homens da minha família há cem anos.

Ela diz que a casa azul é a mais linda de Vinh-Long e Sadec juntas, que seu pai deve ser um milionário.

Ele ri, diz que as crianças, na China, nunca sabem o montante da fortuna do pai.

Esquecera-se; todos os anos faz estágios nos grandes bancos de Pequim. Diz a ela, que pergunta:

— Não na Manchúria?...

Não, em Pequim. Ele diz que, para o pai, a Manchúria não é suficientemente rica para o nível da atual fortuna da família.

Atravessam as aldeias de arroz, de crianças e de cachorros. As crianças brincam na estrada por entre as fileiras de palhoças. São vigiadas por aqueles cães, os amarelos e magros do campo. Enquanto o carro passava pôde-se ver os pais que se levantavam dos taludes para ver se ainda estavam lá, as crianças e os cachorros.

Depois de passar a aldeia ela adormece mais uma vez. Quando se tem um motorista para dirigir, sempre se dorme nas estradas de Camau, entre os arrozais e o céu.

Ela abre os olhos. Torna a fechá-los. Param de falar. Ela se deixa levar por ele, que diz:

— Feche os olhos.

Ela faz o que ele diz.

Sua mão acaricia o rosto da criança, os lábios, os olhos fechados. O sono é perfeito — sabe que ela não está dormindo, prefere assim.

Diz em voz baixa, lentamente, uma longa frase em chinês.

Os olhos fechados, ela pergunta o que foi que ele disse — ele responde que foi sobre o seu corpo... que é impossível dizê-lo... o que é... é a primeira vez que lhe acontece...

A mão para bruscamente. Ela abre os olhos e torna a fechá-los. A mão recomeça. É uma mão suave, em momento algum é brusca, de uma discrição constante, de uma suavidade secular, da pele, da alma.

Também ele fechou os olhos quando acariciou os olhos dela, os seus lábios. A mão sai do rosto e desce ao longo do corpo. Às vezes para, assustada. Depois se retira.

Ele a olha.

Vira-se para fora.

Pergunta com a mesma suavidade que tem na mão quantos anos ela tem, de verdade.

Ela hesita e diz desculpando-se:

— Ainda sou pequena.

— Quantos anos?

Ela responde à moda chinesa:

— Dezesseis anos.

— Não — ele sorri —, não é verdade.

— Quinze anos... 15 anos e meio... está bom assim?

Ele ri.

— Está.

Silêncio.

— O que é que você quer?

A criança não responde. Talvez não tenha entendido.

O chinês não repete a pergunta, ele diz:

— Nunca fez amor?

A criança não responde. Procura uma resposta. Não sabe responder isso. Ele faz um movimento na sua direção. Pelo silêncio vê que ela teria alguma coisa a dizer. Alguma coisa que não saberia ainda dizer e que certamente não sabe o que a impede. Ele diz:

— Perdão...

Ambos olham para fora.

Olham para o oceano de arrozais da Cochinchina. A planície de água cortada por pequenas estradas retas e brancas de charretes de crianças. O inferno do calor imóvel, monumental. A perder de vista, a monotonia fabulosa e suave do Delta. A criança mais tarde falará de um país indeciso, de infância, dos Flandres tropicais apenas libertados do mar.

Atravessam a imensidão em silêncio.

Até que ela começa a falar: este país ao sul da Indochina e o mar tinham o mesmo solo, isso durante milhões de anos, antes que ele tivesse vida sobre a terra, e antes dos camponeses, e eles continuam fazendo como os primeiros homens, tirando o solo do mar, guardando-o fechado em taludes de terra dura e deixando-o ali durante anos e anos para lavá-lo do sal com água da chuva e fazer dele um arrozal prisioneiro dos homens para o resto dos tempos. Ela diz:

— Nasci aqui, no Sul, e meus irmãos também. Por isso nossa mãe nos conta a história do país.

A criança adormeceu. Quando desperta o chinês lhe diz que A.M.S. ultrapassou-os. Que era ela quem dirigia e o motorista estava ao seu lado. A criança diz que é comum que ela mesma dirija. Hesita e diz:

— Ela faz amor com os seus motoristas tão bem quanto com os príncipes do Laos e do Camboja quando visitam a Cochinchina.

— E você acredita.

Ela hesita mais uma vez e conta:

— Sim. Uma vez ela foi com o meu irmãozinho. Vira-o no Círculo, uma noite, e o convidara para jogar tênis. Ele foi. Depois foram à piscina no parque. Existe lá um bangalô com duchas, quartos de ginástica, e está quase sempre deserto.

O chinês diz:

— O seu irmãozinho talvez também seja um rei.

A criança sorri. Não responde. Ela descobre que é verdade, que o irmãozinho é um príncipe de verdade. Prisioneiro da sua diferença para com os outros, sozinho naquele palácio da sua solidão, tão longe, tão sozinho que é como se nascesse a cada dia, para viver.

O chinês olha para ela:

— Está chorando.

— É por causa do que disse sobre Paulo... era tão verdadeiro...

Ele ainda pergunta, baixinho:

— Foi ele que o disse a você?

— Não. Ele não diz nada, quase nada, mas eu sei tudo o que diria se falasse.

Ela se lembra e ri enquanto chora:

— Depois ele não queria mais ir ao tênis com A.M.S. Ele tinha medo...

— De quê...?

— Não sei... — ela se dá conta — é verdade... nunca se sabe do que o meu irmãozinho tem medo. Não se pode saber antecipadamente.

— O que é que a agrada tanto naquela mulher...

Ela procura a resposta. Nunca se colocara a questão. E diz:

— Acho que é a história.

Atravessam uma zona diferente na viagem. As aldeias são mais numerosas, as estradas melhores. O carro vai mais lentamente.

Ele diz:

— Vamos chegar a Cholen. Você gosta de Saigon ou Cholen?

Ela sorri:

— ...só conheço os postos militares... e você... gosta?

— Sim, gosto de Cholen. Gosto da China. Cholen também é a China. Nova York e São Francisco não.

Calam-se. Ele falou mais uma vez com o motorista. Diz à criança que ele sabe onde é o pensionato Lyautey.

Olham para fora, para a chegada à cidade.

Iam separar-se. Ela se lembra como era difícil, cruel, falar. As palavras eram impossíveis de encontrar, tal a força do desejo. Não se haviam olhado mais. Evitaram as mãos, os olhos. Fora ele quem impusera aquele silêncio. Ela dissera que aquele silêncio só dele, as palavras evitadas, a sua própria pontuação, sua distração, aquele jogo também, a infantilidade daquele jogo e as suas lágrimas, tudo isso já poderia denunciar que se tratava de amor.

Seguiram no carro ainda por bastante tempo. Sem trocar mais palavras. A criança sabe que ele não dirá mais nada. E que nem ela tampouco.

A história já está ali, inevitável,
A de um amor obcecante,
Sempre para chegar,
Nunca esquecido.

O carro preto parou diante do pensionato Lyautey. O motorista apanha a mala da criança e leva-a até a porta.

A criança desce do carro, caminha lentamente, docilmente, na direção da mesma porta.

O chinês nem mesmo olha para ela.

Não se viram, não se olham mais. Não se conhecem mais.

Pátio do pensionato Lyautey.

A luz está menos viva. É noite. O alto das árvores já está mergulhado no crepúsculo. O pátio está pouco iluminado por toda uma rede de lâmpadas verdes e brancas. As brincadeiras estão sendo vigiadas.

Há ali cerca de cinquenta meninas. Algumas estão sobre os bancos de jardim, nos degraus dos corredores circulares, outras ficam dando voltas ao redor dos imóveis, duas a duas, conversando e rindo às gargalhadas, de tudo e de nada.

Há uma sobre um banco, deitada, a que foi chamada aqui e nos outros livros por seu nome verdadeiro, a de uma beleza milagrosa mas que se considera feia, sim, aquela com o nome celestial, Hélène Lagonelle, a de Dalat. O outro amor da criança, jamais esquecido.

Olha para ela e depois, lentamente, acaricia o seu rosto.

Hélène Lagonelle acorda. Sorriem uma para a outra.

Hélène Lagonelle diz que mais tarde vai contar-lhe uma coisa terrível que aconteceu no pensionato Lyautey. Diz:

— Estava lhe esperando por isso, e acabei adormecendo. Chegou mais cedo do que de costume.

— Encontrei alguém na balsa que estava sozinho e que me ofereceu carona no seu carro.

— Um branco?

— Não, um chinês.

— Às vezes os chineses são bonitos.

— Sobretudo os do norte. Era o seu caso.

Olham-se mutuamente, sobretudo a criança.

— Você não foi a Dalat?

— Não. Meus pais não puderam vir me buscar. Não disseram por quê. Mas não me aborreci aqui.

A criança olha-a com atenção, subitamente inquieta com as olheiras escuras sob os olhos e a palidez do rosto de Hélène. E pergunta:

— Não está um pouco doente?

— Não. Mas estou sempre cansada. Deram-me um fortificante na enfermaria.

— E o que foi que disseram?

— Que não era nada. Preguiça, talvez... ou o período de adaptação... de Dalat, que ainda não acabou.

A criança tenta superar uma certa preocupação, mas não consegue. Nunca conseguirá completamente. A preocupação sobreviverá até a separação de ambas.[2]

— Você não tinha alguma coisa para me contar...

Hélène Lagonelle imediatamente conta de uma só vez o que aconteceu na pensão Lyautey.

— Imagine que as vigilantes descobriram que há uma menina que se prostitui todas as noites, lá atrás. Ninguém tinha percebido nada. Sabe quem é: Alice... a mestiça...

Silêncio.

— Alice... E com quem ela vai?

— Com qualquer um... passantes... homens de carro que param... vai também com eles. Vão para o fosso atrás do dormitório... sempre no mesmo lugar.

Silêncio.

— Você os viu...

Hélène Lagonelle mente:

— Não, as outras me contaram, disseram que não vale a pena ver, que não se vê absolutamente nada...

A criança pergunta o que Alice diz dessa prostituição.

— Ela diz que gosta... gosta muito... que esses homens a gente não conhece, a gente não vê... e que é isso que a faz... como se diz...

A criança hesita e depois diz a palavra "no lugar de Alice".

Ela diz: gozar.

---

[2] Hélène Lagonelle morreu de tuberculose em Pau, para onde sua família voltara dez anos após ter deixado o pensionato de Lyautey. Tinha 27 anos. Voltara da Indochina onde havia se casado. Tinha dois filhos. Continuara sempre bonita. Segundo suas tias, que telefonaram após a publicação do livro *O amante*.

Hélène diz que é isso.

Elas se olham e riem da alegria de se reencontrarem.

Hélène diz:

— Minha mãe diz que não se deve dizer essa palavra, mesmo quando a compreendemos. Que é uma palavra mal-educada. Seu irmãozinho diz que palavra?

— Nenhuma. Meu irmãozinho não fala nada. Ele não sabe nada. Ele sabe que existe. Você vai ver, na primeira vez que acontecer conosco... vamos sentir medo, pensar que estamos morrendo. Mas ele, o meu irmãozinho, ele deve achar que a palavra está escondida. Que não existe uma palavra certa para expressar o que não vemos.

— Fale-me mais sobre o seu irmãozinho.

— A mesma história sempre...?

— Sim. Nunca é a mesma, mas você não sabe disso.

— Caçávamos juntos na floresta à beira do estuário. Sempre sozinhos. Até que um dia aconteceu. Ele veio para a minha cama. Nós, os irmãos e as irmãs, nós nos desconhecemos. Éramos ainda muito pequenos, talvez sete ou oito anos, ele veio e depois voltou todas as noites. Uma vez o meu irmão mais velho o viu. E bateu nele. Foi então que começou o medo de que ele o mate. Foi a partir daí que minha mãe passou a fazer-me dormir na sua cama. Mas mesmo assim continuamos. Quando estávamos em Prey-Nop íamos para a floresta ou para as barcas à noite. Em Sadec íamos para uma sala de aula vazia da escola.

— E depois?

— Depois ele ficou com dez anos, depois 12, depois 13 anos. Até que um dia ele gozou. Então esqueceu tudo, e teve uma tal felicidade, que chorou. E eu também chorei. Era como uma festa, mas profunda, sabe, sem risos, e que fazia chorar.

A criança chora, e Hélène Lagonelle chora junto. Sempre choravam juntas sem saber por quê, de emoção, de amor, pela infância, pelo exílio.

Hélène diz:

— Eu sabia que era maluca, mas não a esse ponto.

— Por que sou maluca?

— Não sei dizer por quê, mas você é maluca, juro. Talvez seja o seu irmãozinho, gosta tanto dele... isso a deixa louca...

Silêncio. Depois Hélène Lagonelle pergunta:

— Já contou a mais alguém antes de mim tudo sobre o seu irmãozinho?

— Contei uma vez a Thanh. Era noite, no carro, íamos para Prey-Nop.

— E Thanh chorou.

— Não sei, eu adormeci.

A criança para e depois completa:

— Além disso, estou certa de que um dia Paulo encontrará outras mulheres em Vinh-Long, em Saigon, mesmo mulheres brancas, no cinema, nas ruas, e sobretudo na balsa de Sadec, é claro.

Elas riem.

Hélène pergunta à criança por Thanh, se já fizeram amor juntos.

A criança responde:

— Ele nunca quis. Eu pedi várias vezes mas ele nunca quis.

Hélène começa a chorar, e diz:

— Você vai partir para a França e ficarei completamente só. Acho que os meus pais não me querem mais em Dalat. Eles não gostam mais de mim.

Silêncio. Depois Hélène esquece o seu infortúnio. Recomeça a falar de Alice, a que faz amor no fosso. Fala baixinho:

— Não lhe contei tudo... Alice recebe dinheiro... e muito... faz isso para comprar uma casa. Ela é órfã, não tem nenhum parente, nada; ela diz que uma casa, mesmo pequena, será o que terá para sempre, um lugar onde possa ficar. Ela diz: nunca se sabe.

A criança sempre acredita no que diz Hélène, e fala:

— Acredito no que está me dizendo, mas talvez não seja só pela casa que ela cobre dos homens e eles voltem depois; é que também eles devem gostar — quanto é que ela cobra?

— Dez piastras. E para cada vez na mesma noite.

— Dez piastras não é nada mau, não acha?

— Também me parece, mas não entendo nada de preços. Alice sim, mesmo os preços das brancas na rua Catinat.

A criança. Brotam-lhe lágrimas nos olhos. Hélène Lagonelle toma-a nos braços e grita:

— O que é que você tem?... O que foi que eu disse?...

A criança sorri para Hélène. Diz que não é nada, que é quando se fala em dinheiro, coisas da sua vida.

Abraçam-se e ficam tão abraçadas, enlaçadas, beijando-se, calando--se, amando-se muito.

Até que Hélène recomeça a falar com a criança. Ela diz:

— Há uma outra coisa que eu queria lhe dizer: é que também eu sou como Alice. Ela gosta dessa vida. Eu também gostaria. Tenho certeza. Saiba que eu também preferiria ser prostituta a cuidar dos leprosos...

A criança ri:

— O que é que está me dizendo...

— Mas aqui todos sabem... menos você. O que é que acha?... Temos que seguir pretensos estudos para que possamos encontrar um trabalho ao sairmos do pensionato, mas isso é mentira. Somos mantidas no pensionato para depois sermos mandadas para os lazaretos, com os leprosos, os pestilentos, os coléricos. Pois não encontram ninguém para fazer... isso...

A criança ri alto:

— Mas você acredita realmente nessa história?

— Acredito piamente.

— Sempre pensa no pior, não é?

— Sempre.

Elas riem. O que não impede que Hélène Lagonelle questione o que diz Alice.

A criança pergunta a Hélène Lagonelle o que mais Alice contou daquela história.

Hélène diz que Alice acha aquilo muito natural, que segundo ela não existem dois homens iguais, como em qualquer lugar e para qualquer coisa. Que há também alguns extraordinários. Há os que têm medo de fazer isso. Mas os que agradam sobretudo a Alice, e desses há muitos, são os que falam com ela da mesma maneira como falam com outras mulheres, que a chamam por outros nomes, que lhe dizem coisas em outras línguas também. Há muitos também que falam de suas mulheres. Há outros que a insultam. E outros que lhe dizem que só amaram a ela em toda a vida.

As duas amigas começam a rir. A criança pergunta:

— Alice tem medo, algumas vezes?

— De que teria medo?...

— De um assassino... de um louco... nunca se sabe, antes...

— Ela não me disse, mas talvez tenha um pouco... neste bairro, nunca se sabe, não é?

— Talvez. São os brancos que o dizem e eles nunca vêm aqui, então...

Hélène Lagonelle olha para a criança, longamente, e depois pergunta:

— Você tem medo do chinês?

— Mais ou menos... um pouco... talvez de amá-lo. Tenho medo... Quero amar Paulo até a minha morte.

— Eu sabia disso... alguma coisa assim...

Hélène chora. A criança a toma nos braços e diz-lhe palavras de amor.

E Hélène fica feliz e fala à criança que é louca em dizer coisas parecidas. Não diz quais...

A criança não sabe mais o que diz a Hélène. E Hélène subitamente tem medo, um medo horrível, de esconder de si mesma a verdade sobre a natureza dessa paixão que têm uma pela outra, e que cada vez mais as torna tão sozinhas juntas, onde quer que estejam.

Estrada do liceu, sete e meia da manhã. Em Saigon. É o frescor milagroso das ruas depois da passagem das regadoras municipais, hora do jasmim inundando a cidade com o seu odor — tão forte que chega a enjoar, dizem algumas brancas no começo de sua estada. Para depois, quando partem da colônia, sentirem a sua falta.

A criança está vindo do pensionato de Lyautey, e vai ao liceu.

Nessa hora a rua Lyautey está quase deserta.

A criança é a única da pensão a cursar o secundário no liceu de Saigon; portanto, a única a passar por ali.

É o começo da história.

A criança ainda não sabe disso.

Até que, de repente, diante dela, na outra calçada, à sua esquerda, está a história, o carro da balsa, parado, muito grande e muito preto, tão bonito, tão caro também, tão grande. Como o quarto de um Grande Hotel.

A criança não o reconhece de imediato. Fica ali, parada diante dele. Olhando-o. E depois reconhecendo-o. E depois vendo-o, o homem da Manchúria adormecido ou morto. O da mão, o da viagem.

Ele faz que não a vê.

Ele está onde estava, à direita, no banco de trás.

Ela o vê sem precisar olhar para ele.

O motorista também está em seu lugar, perfeito, também ele com o olhar desviado da criança que, lentamente, parecendo distraída, atravessa a rua.

Para a criança, aquele "encontro", naquele ponto da cidade, sempre ficara como sendo o do começo de uma história mútua, aquele que os transformara nos amantes dos livros que ela escrevera.

Ela acreditava, sabia que era ali, naquela cena externa, a partir de uma espécie de inteligência que haviam adquirido de seu desejo, livre de qualquer racionalidade, que nada mais os detinha, que haviam se tornado amantes.

Talvez ela duvide que ele quase o faça ou talvez ela não saiba que já atravessou o espaço da rua que os separa.

De imediato ela não se mexe.

Vai lentamente na direção dele atrás da vidraça.

Fica ali.

Olham-se muito rapidamente, o tempo apenas de verem, de serem vistos.

O carro está na contramão. Ela coloca a sua mão no vidro, depois afasta a mão e encosta a boca, beija, deixa a boca ficar ali. Seus olhos estão fechados como nos filmes.

É como se o amor tivesse sido feito ali, na rua, ela dissera.

Tão forte.

O chinês havia olhado.

Também ele abaixara os olhos.

Morto pelo desejo de uma criança.

Mártir.

A criança novamente atravessou a rua.

Sem olhar para trás, seguiu para o liceu.

Ouviu o carro partir sem fazer barulho numa estrada transformada em veludo, noturna.

Nunca, nos meses que se seguiram, falaram da dor assustadora daquele desejo.

O liceu.

Não há mais alunos nos corredores. Todos entraram nas classes.

A criança está atrasada.

Entra em sua classe e diz: "Desculpe."

O professor está dando uma aula sobre Louise Labé.

Todos sorriem com a criança.

O professor retoma sua aula sobre Louise Labé — recusa-se a chamá-la por seu apelido de "a bela Cordoeira". Primeiro dá a sua opinião sobre Louise Labé. Diz que a admira enormemente, que se trata de uma das raras pessoas do passado que teria gostado de conhecer e ouvir declamar poesia.

O professor conta que quando Louise Labé ia à casa do seu editor para entregar-lhe o manuscrito de sua última obra, sempre pedia a uma mulher amiga para que a acompanhasse. Sempre permanecera obscura a razão daquele desejo, da necessidade de a mulher que escrevera os poemas sentir-se acompanhada por outra. O professor dissera que talvez aquele acompanhamento tivesse o valor de uma autenticação, sobretudo tratando-se de uma mulher. Dissera também que ficava ao gosto dos alunos a maneira de ver aquilo. Um garoto achava que era o temor de Louise Labé de ser abordada por homens no caminho. Uma garota pensava que era o medo de ver roubados os seus poemas. A criança dissera que as duas mulheres, Louise Labé e a que a acompanhava, deviam se conhecer tão bem que nunca Louise Labé colocara para si mesma a questão sobre se a levava por seus poemas ou por qualquer outra coisa.

Quinta-feira à tarde. Quase todas as pensionistas saem a passeio.

Atravessam o pátio central. Estão em fila, duas a duas. Todas usam o vestido branco do uniforme do pensionato, cintos brancos e chapéus de lona também brancos. Laváveis.

O pensionato se esvazia. Assim que as pensionistas acabam de sair, um abismo de silêncio toma conta do pátio central, provocado certamente pela ausência total e súbita das vozes.

É um lugar coberto no pensionato vazio. Fica na união de dois corredores para onde dão o portão e as salas de aula da escola contígua à pensão. Desse lugar coberto chegam as vozes de duas jovens amigas e um som de música para dançar. Vem de um fonógrafo colocado no chão. A música é um *paso doble* bem clássico, do momento do golpe final nas arenas da Espanha. A canção é brutal, de um ritmo popular magnífico.

Falam pouco, menos quando se trata dos ensinamentos de dança dados pela criança.

Estão descalças sobre a laje dos corredores. Usam roupas curtas como manda a moda de então, em algodão claro estampado com motivos floridos também claros.

São bonitas, esqueceram-se de que já o sabem.

Estão dançando. São de raça branca. A um simples pedido seu são dispensadas do passeio regulamentar das mestiças abandonadas — porque são brancas, por mais pobres que sejam suas famílias.

Hélène Lagonelle pergunta à criança quem lhe ensinou o *paso doble*.

— Meu irmãozinho Paulo.

— Esse seu irmãozinho ensinou-lhe tudo.

— Sim.

Quando as vozes cessam o silêncio é total.

Hélène Lagonelle diz que está começando a gostar de Paulo.

Diz que não entende por que seus pais a deixam ali. Ela não estuda. Nada. Diz que seus pais sabem disso, que tentam desvencilhar-se dela. Por quê? Ela não sabe.

— Não posso suportar a ideia de ficar aqui por mais três anos. Prefiro morrer.

A criança ri:

— Desde quando não suporta mais?
— Desde que encontrou o chinês.
Silêncio. A criança dá uma gargalhada:
— Há três dias, então?
— Sim... Mas já começara antes, muito forte. E não é só isso. Eu menti para você. Comecei a pensar no seu irmãozinho... na noite...

Elas estão numa sombra fresca. Dançando. O sol vem de uma janela alta como nas prisões, nas pensões religiosas, para que os homens não possam entrar. Num canto, ao sol, estão as suas sandálias desamarradas, jogadas.

Sentado contra um pilar do corredor está um jovem garoto de branco, um desses que à noite canta perto das cozinhas os cantos indochineses da infância das jovens. Ele as observa, imóvel como se estivesse preso àquele olhar sobre elas, as jovens de branco que dançam só para ele e que o ignoram.

Hélène Lagonelle fala baixinho à criança:
— Você vai fazer amor com o chinês?
— Acho que sim.
— Quando?
— Talvez hoje, mais tarde.
— Você o deseja muito?
— Muito.
— Marcaram um encontro?
— Não, mas não importa.
— Tem certeza de que ele virá?
— Sim.
— O que é que lhe agrada nele?
— Não sei. Por que está chorando, preferia como era antes?
— Sim e não. Desde as férias eu comecei a pensar em amar o seu irmãozinho. Sua pele, suas mãos... Então você falou dos seus sonhos sobre ele. Algumas vezes eu o chamava à noite. Até que uma vez... eu queria lhe contar... pronto.
A criança acabou a frase de Hélène:
— ...Uma vez aconteceu com você.

— Sim, eu menti para você. Eu minto e você nem sabe... você não se importa...

Silêncio. A criança diz:

— Sei que você ainda tem outra coisa para dizer.

Hélène abraça a criança, esconde com as mãos o seu rosto, e diz:

— Eu queria ir uma vez com os homens que vão com Alice. Uma única vez. Queria falar-lhe sobre isso...

A criança grita baixinho:

— Não. Todos eles têm sífilis.

— Morre-se disso?...

— Sim. Eu sei que o meu irmão mais velho já teve. Foi salvo por um médico francês.

— Então, o que vai ser de mim...?

— Espera a França. Ou volta a Dalat sem avisar. E fica lá. Não sai mais de lá.

Silêncio.

— Eu desejo todos os garotos. Esse que está na vitrola também. Os professores. O chinês.

— É verdade. Todo o corpo fica tomado... não pensamos em mais nada.

Silêncio.

Elas se olham.

A criança tem lágrimas nos olhos, e diz:

— Eu queria dizer-lhe uma coisa... é impossível dizer, mas quero que saiba. Para mim, o desejo, o primeiro desejo, foi você. No primeiro dia. Depois da sua chegada. Era de manhã, você voltava da sala dos chuveiros, completamente nua... eu não queria acreditar nos meus olhos, parecia inventada...

A criança se afasta de Hélène Lagonelle e elas se olham.

Hélène diz:

— Eu sabia disso, dessa história...

— Será que sabe realmente a que ponto é bonita?

— Eu, não sei... mas talvez... sim, eu sou... minha mãe é muito bonita. Então seria normal que eu também fosse, não é mesmo? Mas é como se as pessoas me dissessem isso para não dizerem outra coisa... que não sou muito inteligente... e que vejo maldade em tudo...

A criança ri, e coloca a sua boca sobre a de Hélène. Elas se beijam e Hélène diz baixinho:

— Você é que é bonita... Por que eu, algumas vezes, não consigo nem mesmo me olhar no espelho?

— Talvez porque seja bonita demais... isso a aborrece...

O garoto das cozinhas continua olhando a dança das "jovens francesas" que ainda estão se beijando.

O disco acabou. A dança também.

Há um silêncio como se fosse o sono no pensionato deserto.

Depois o barulho do carro chega à entrada. As jovens e o garoto vão até a janela olhar. O Léon Bollée está lá, parado diante da entrada da escola. Pode-se ver o motorista do Léon Bollée. Cortinas brancas escondem os bancos de trás como se aquele carro transportasse um condenado a quem não se deveria ver.

A criança sai descalça, os sapatos nas mãos, e dirige-se para o carro. O motorista abre-lhe a porta.

Estão sentados um junto ao outro.

Não se olham. É um momento difícil, do qual se deseja fugir.

O motorista recebeu ordens. Arranca sem esperar mais. Roda lentamente pela cidade cheia de pedestres, bicicletas, a multidão indígena de todo dia.

Chegam a La Cascade. O carro para. A criança não se mexe. Diz que não quer ir lá. O chinês não pergunta a razão e diz ao motorista que entre.

A criança encostou-se ao chinês e diz baixinho:

— Quero ir à sua casa. Sabe disso. Por que me trouxe a La Cascade?

Ele a abraça e diz:

— Por imbecilidade.

Ela permanece abraçada, o rosto escondido por ele. E diz:

— Estou novamente começando a desejá-lo. Não pode imaginar quanto o desejo...

Ele diz que ela não deve dizer isso.

Ela promete. Nunca mais.

Então ele diz que a deseja também, da mesma maneira.

Nova travessia da cidade chinesa.

Eles não olham para aquela cidade. Quando parecem olhar, não olham nada.

Olham-se sem querer. Então baixam os olhos e ficam assim, a se olharem de olhos fechados, sem se mexerem e sem se verem, como se ainda se olhassem.

A criança diz:

— Eu o desejo muito.

Ele diz que ela o sabe por ela mesma como o sabe também por ele.

Viram-se para fora.

A cidade chinesa chega até eles com a confusão dos velhos bondes, o barulho das velhas guerras, dos velhos exércitos extenuados, os bondes passam sem parar de tocar. Fazem um ruído insuportável de matraca. Pendurados aos vagões, como cachos, estão as crianças de Cholen. Sobre as coberturas, mulheres com seus bebês radiantes, sobre os estribos, as correntes de proteção das portas, há cestos de vime cheios de aves e de frutas. Os vagões já não têm a forma de vagões, são inchados, deformados ao ponto de já não se parecerem com nada de conhecido.

De repente a multidão se desembaralha sem que se entenda como nem por quê.

Pronto. Está tudo calmo. O barulho permanece o mesmo mas fica distante. A multidão se afasta. As mulheres não estão mais a galope, estão calmas. É uma rua de compartimentos como há em toda parte na Indochina. É margeada por uma galeria coberta e há fontes. Não tem lojas nem bondes. Sobre o chão de terra batida, comerciantes do campo descansam à sombra da galeria. A confusão de Cholen está distante, tão distante, que se poderia dizer tratar-se de uma aldeia na densidade da cidade. É aí, nessa aldeia. Sob a galeria coberta.

Uma porta.

Ele abre essa porta.

Está escuro.

É inesperado, modesto. Banal. É nada.

Ele diz:

— Não escolhi os móveis. Já estavam aqui, eu os conservei.

Ela ri e diz:

— Não há móveis... Veja...

Ele olha e diz baixinho que realmente é verdade, que há apenas a cama, a poltrona e a mesa.

Ele senta-se na poltrona. Ela fica de pé.

Continua olhando para ele. Sorri, e diz:

— A casa assim me agrada...

Não se olham. Assim que ele fecha a porta, de repente, juntos, ambos passam por uma espécie de desinteresse aparente. O desejo não se deixa ver, ele se apaga, e depois, brutalmente, volta. Ela o olha. Não é ele que está olhando para ela, mas ela que olha para ele. Vê que ele tem medo.

É a partir da suavidade desse olhar de criança que o medo é transgredido. É ela quem quer saber, quem quer tudo, o máximo, tudo, viver e morrer ao mesmo tempo. A que está mais perto do desespero e da inteligência da paixão — devido a esse jovem irmão que cresceu à sombra do irmão criminoso e que a cada dia quer morrer, e a cada dia, cada noite, ela, a criança, salva do desespero.

O chinês diz baixinho, como se fosse obrigado a dizê-lo:

— Talvez eu tenha começado a me apaixonar por você.

Nos olhos da criança um certo temor. Ela se cala.[3]

Certamente por diversão, lentamente, sem ruído, ela anda pela *garçonnière*, olha o lugar mobiliado como um hotel de estação de trem. E ele não sabe disso, não vê essas coisas, e ela o adora por isso. Ele a vê explorar os lugares, e não compreende por quê. Acha que está deixando passar o tempo, que está ocupando a espera infernal, que é esta a razão. E diz:

— Foi meu pai quem me deu isto. Chama-se uma *garçonnière*. Os jovens chineses ricos aqui costumam ter muitas amantes, faz parte dos costumes.

[3] No caso de um filme baseado neste livro, a criança não deverá ser de uma beleza apenas bela. Talvez fosse perigoso para o filme. É outra coisa que acontece com ela, a criança, "difícil de evitar", uma curiosidade selvagem, uma falta de educação, uma falta, sim, de timidez. A beleza pura e simples estragaria completamente o filme. Mais ainda: faria com que desaparecesse. A beleza não faz nada. Ela não olha. É olhada.

Ela repete a palavra *garçonnière*. Diz que a conhece, não sabe como, talvez dos romances. Não está mais andando. Parou diante dele, olha-o, e pergunta:

— Você tem muitas amantes?

A intimidade com que o trata, de repente, maravilhosa.

— Mais ou menos... sim... de vez em quando.

O olhar da criança cai sobre ele, muito vivo, num brilho de felicidade, sim, gosta disso. Ele pergunta:

— Gosta que eu tenha amantes?

Ela diz que sim. Por quê, não diz, não sabe dizer.

A resposta o atinge. Ela o assusta um pouco. É um momento difícil para ele.

Ela diz que deseja os homens quando eles amam uma mulher e não são correspondidos. Diz que o seu primeiro desejo era um homem assim, infeliz, enfraquecido por um desespero de amor.

O chinês pergunta:

— Thanh?

Ela diz não, não foi ele. Ele diz:

— Escute... vamos embora... voltaremos uma outra vez...

Nenhuma resposta da criança. O chinês se levanta, dá alguns passos, vira-lhe as costas. E diz:

— Você é tão jovem... me dá medo. Tenho medo de não poder... de não conseguir controlar a emoção... compreende um pouco?...

Vira-se então para ela. Seu sorriso é trêmulo. Ela hesita, diz que não entendeu. Mas que entende um pouco... que também ela sente um pouco de medo. Ele pergunta:

— Você não sabe nada?

Ela diz que sabe um pouco mas que não sabe se é disso que ele quer falar.

Silêncio.

— Como poderia saber?

— Por meu irmão menor... tínhamos muito medo de nosso irmão mais velho. Então dormíamos juntos quando pequenos... Começou assim...

Silêncio.

— Você ama o seu irmão menor?

A criança demora para responder, para falar do segredo de sua vida, aquele irmãozinho "diferente".

— Sim.

— Mais que... tudo no mundo...

— Sim.

O chinês está muito emocionado:

— É aquele que é um pouco... diferente dos outros...

Ela o olha e não responde.

Brotam-lhe lágrimas nos cantos dos olhos. Continua sem responder. E pergunta:

— Como sabe disso?

— Já não sei mais como...

Silêncio. Ela diz:

— É verdade, se mora em Sadec deve saber algumas coisas sobre nós.

— Antes de encontrá-la não, nada. Foi depois da balsa, no dia seguinte... meu motorista a reconheceu.

— Como foi que ele lhe disse... Diga-me as mesmas palavras.

— Ele me disse: ela é a filha da diretora da escola de meninas. Tem dois irmãos. São muito pobres. A mãe ficou arruinada.

Ele mostra uma súbita timidez. Não saberia dizer a razão. Talvez seja a juventude da criança aparecendo repentinamente, como um fato brutal, inteiro, inatingível, quase indecente. Sua violência também, vinda da mãe, certamente. Ela não pode saber essas coisas. Ele pergunta:

— É isso?

— É isso. Somos nós... Como foi que ele disse isso, que a minha mãe ficou arruinada?

— Disse que era uma história terrível, que ela não havia tido sorte.

Silêncio. Ela não responde. Não quer responder. Então pergunta:

— Você não trabalha?

— Não. Em nada.

— Nunca faz nada, nunca... nunca faz alguma coisa?

— Nunca.

Ela sorri para ele e diz:

— Diz "nunca" como se dissesse "sempre".

A infância que volta: ela tira o chapéu. Deixa cair os sapatos dos pés e não os apanha.

Ele a observa.

Silêncio.

O chinês diz baixinho:

— É curioso... até que ponto... me agrada...

Ela coloca-se sob o ventilador. Sorri descontraída. Está contente. Nenhum dos dois se dá conta de que o amor está ali. O desejo continua distraído.

Ela vai até uma outra porta que fica do outro lado da porta de entrada. Tenta abri-la. Vira-se para ele. É no olhar que ele tem para ela que se pode adivinhar que vai amá-la, que não está enganado. Estão numa espécie de emoção contínua, que ela fale ou se cale. Nessa descoberta da casa existe muito de brincadeira, de infância. Para ele, o amor poderia ter começado ali. A criança enche-o de medo e de alegria. Ela pergunta:

— Aonde leva esta porta?

Ele ri:

— Para uma outra rua. Para fugir. O que estava imaginando?

A criança sorri para o chinês e diz:

— Um jardim. Não é isso?...

— Não. É uma porta para nada. Teria preferido o quê...

Ela volta, apanha um copo sobre o bocal da bacia e diz:

— Uma porta para fugir.

Eles se olham e ela diz:

— Estou com sede.

— Tem água filtrada na geladeira ao lado da porta.

Silêncio. Depois ela diz:

— Gosto do jeito como as coisas são aqui.

Ele pergunta como ela vê aquele lugar.

Olham-se. Ela hesita e depois diz:

— Está abandonado — olha-o profundamente —, e além disso tem o seu cheiro.

Ele a observa andar, beber, voltar.

Esquecer. E depois lembrar-se.

Ele se levanta.

Olha para ela e diz:

— Vou possuí-la.

Silêncio. O sorriso apagou-se do rosto da criança. Ficou pálida.

— Venha.

Ela vai até ele. Não diz nada, não olha mais para ele.

Ele está sentado diante dela que está de pé. Ela baixa os olhos. Ele segura o seu vestido por baixo e tira-o. Depois faz escorregar a calcinha infantil de algodão branco. Joga o vestido e a calcinha sobre a poltrona. Tira as mãos do seu corpo e observa-o. Ela não. Tem os olhos baixos, deixa-se olhar.

Ele se levanta. Ela permanece de pé à sua frente. Esperando. Ele volta a sentar-se. Acaricia muito levemente o corpo ainda magro. Os seios de criança, o ventre. Fecha os olhos como um cego. Para. Tira as mãos. Abre os olhos. Baixinho, ele diz:

— Não tem 16 anos. Não é verdade.

Nenhuma resposta da criança. Ele diz: É um pouco assustador. Não espera resposta. Ele sorri e chora. E ela olha para ele e pensa — num sorriso que chora — que talvez esteja começando a amá-lo para o resto de sua vida.

Com uma espécie de apreensão, como se ela fosse frágil, e também com uma brutalidade contida, ele a toma nos braços e coloca-a sobre a cama. Uma vez lá, colocada, entregue, ele a olha mais uma vez e novamente é tomado pelo medo. Fecha os olhos, cala-se, não quer mais saber dela. É então que ela o faz. De olhos fechados, despe-o. Botão por botão, uma manga, depois a outra. Ele não a ajuda. Não se mexe. Fecha os olhos como ela.

A criança. Está sozinha na imagem, olhando, o nu do corpo dele tão desconhecido quanto o de um rosto, tão singular, adorável, quanto o de sua mão sobre o seu corpo durante a viagem. Ela o olha mais e mais, e ele deixa-se estar, deixa-se ser olhado. Ela diz baixinho:

— É bonito um homem chinês.

Ela beija. Não está mais sozinha na imagem. Ele está ali. Ao lado dela. Ela o beija de olhos fechados. Toma-lhe as mãos e coloca-as sobre o seu corpo. Então ele se mexe, toma-a nos braços e rola suavemente sobre o corpo magro e virgem. E enquanto a recobre lentamente com o seu corpo, sem tocá-la ainda, a câmera deixaria a cama, iria para a janela, pararia ali, as persianas fechadas. Então o ruído da rua chegaria abafado, distante na noite do quarto. E a voz do chinês se tornaria tão próxima quanto as suas mãos.

Ele diz:

— Vou machucá-la.

Ela diz que sabe.

Ele diz também que algumas vezes as mulheres gritam. Que as chinesas gritam. Mas não faz mal que seja apenas uma vez na vida, e para sempre.

Ele diz que a ama, que não quer mentir para ela: que aquela dor não volta mais, nunca mais, que é verdade, ele jura.

Diz-lhe que feche os olhos.

Que vai fazê-lo: possuí-la.

Que feche os olhos. Minha filhinha, ele diz.

Ela diz: não, de olhos fechados não.

Diz que todo o resto sim, mas não os olhos fechados.

Ele diz que sim, que é preciso. Por causa do sangue.

Ela não sabia do sangue.

Ela faz um movimento para fugir da cama.

Com a mão ele a impede de levantar-se.

Ela não tenta mais.

Ela dizia lembrar-se do medo. Como se lembrava da pele, da sua suavidade. Do medo, por outro lado, apavorada.

Olhos fechados, ela tocava aquela suavidade, tocava a cor dourada, a voz, o coração que tinha medo, todo o corpo mantido sobre o seu, pronto para o crime da ignorância dela tornada sua criança. A criança dele, do homem da China que se cala e chora, e o faz num amor assustador que arranca-lhe lágrimas.

A dor chega ao corpo da criança. Primeiro é viva. Depois terrível. Depois contraditória. Como mais nada pode ser. Nada: quando aquela dor torna-se realmente insustentável, começa a afastar-se. Muda, torna-se boa para gemer, gritar, toma conta de todo o corpo, da cabeça, toda a força do corpo, da cabeça, e a do pensamento, arrasada.

O sofrimento abandona o corpo magro, abandona a cabeça. O corpo continua aberto para fora. Foi atravessado, está sangrando, já não sofre mais. Já não se chama mais dor, chama-se talvez morrer.

Então o sofrimento deixa o corpo, deixa a cabeça, deixa insensivelmente toda a superfície do corpo e perde-se na felicidade ainda desconhecida de amar sem saber.

Ela se lembra. É a última a ainda se lembrar. Pode ouvir ainda o barulho do mar no quarto. Lembra-se também de ter escrito isso, como o barulho da rua chinesa. Lembra-se até de ter escrito que o mar estava presente naquele dia no quarto dos amantes. Ela escrevera as palavras: "o mar" e duas outras palavras: "simplesmente" e "incomparável".

A cama dos amantes.

Estão dormindo, talvez. Não se pode saber.

O ruído da cidade voltou. É contínuo, ininterrupto. É o ruído da imensidão.

O sol está sobre a cama, desenhado pelas persianas.

Há também manchas de sangue sobre o corpo e as mãos dos amantes.

A criança desperta. Olha para ele, que dorme no vento fresco do ventilador.

No primeiro livro ela dissera que o ruído da cidade era tão próximo que se podia ouvir o seu atrito contra as venezianas como se pessoas atravessassem o quarto. Que estavam naquele barulho público, ali, expostos, *naquela passagem do exterior dentro do quarto*. Ela o diria novamente, no caso de um filme, novamente, ou de um livro, novamente, ela sempre o diria. E o diz ainda aqui.

Aí se poderia dizer também que permanecemos no "aberto" do quarto aos ruídos do exterior que esbarram nas venezianas, nas paredes, no roçar das pessoas contra a madeira das venezianas. Os ruídos dos risos. Das correrias e dos gritos das crianças. Dos chamados dos sorveteiros, dos vendedores de melancia, de chá. Depois, subitamente, os ruídos daquela música americana misturados aos mugidos enlouquecedores dos trens do Novo México, aos daquela valsa desesperada, aquela suavidade triste e passada, aquele desespero da felicidade da carne.

Ela dizia que ainda podia rever o rosto. Que se lembrava ainda do nome das pessoas, dos postos, das canções da moda.

O nome dele, esquecera-se. Chamava-o você.

Haviam-lhe dito o seu nome outra vez. E novamente esquecera. Depois, havia preferido calar mais uma vez aquele nome no livro e deixá-lo para sempre esquecido.

Podia ver ainda claramente o lugar miserável, náufrago, as plantas mortas, as paredes caiadas do quarto.

O estore de pano sobre a fornalha. O sangue sobre os lençóis. E da cidade sempre invisível, sempre exterior, ela se lembrava.

Ele desperta sem se mexer. Meio adormecido. Vendo-o assim dá a impressão de um adolescente. Acende um cigarro.

Silêncio.

Vem para perto dela, não lhe diz nada. Ela mostra as plantas, fala baixo, bem baixo, sorri, e ele diz que ela não deve pensar mais naquilo, que estão mortas há muito tempo. Que sempre se esqueceu de regá-las. E que se esquecerá sempre. Fala baixo como se a rua pudesse ouvir.

— Está triste.

Ela sorri e faz um leve sinal:

— Talvez.

— É porque fizemos amor de dia. Vai passar com a noite.

Ele a olha e a vê. Ela baixa os olhos.

Ela também o olha. E o vê. Recua. Olha o corpo magro e longo, flexível, perfeito, do mesmo tipo de beleza milagrosa das mãos. Diz:

— Você é bonito como nunca vi igual.

O chinês encara-a como se não tivesse dito nada. Olha-a, ocupa-se apenas com isso, olhá-la para depois guardar com ele alguma coisa daquilo que está à sua frente, aquela criança branca. E diz:

— Você deve ser sempre um pouco triste, não...

Silêncio. Ela sorri e diz:

— Sempre um pouco triste...? Sim... talvez... não sei...

— É por causa do seu irmãozinho...

— Não sei...

— ...o que é?

— Não é nada... sou eu... sou assim...

— É o que a sua mãe diz?

— Sim.

— Como é que ela diz?

— Ela diz: é preciso deixá-la em paz. Ela é assim e assim continuará.

Ele ri. Calam-se.

Ele a acaricia mais. Ela adormece. Ele a olha. Olha aquela que chegou à sua casa, aquela visita caída das mãos de Deus, aquela criança branca da Ásia. Sua irmã de sangue. Sua criança. Seu amor. Já sabe disso.

Olha o corpo, as mãos, o rosto, toca. Cheira os cabelos, as mãos ainda manchadas de tinta de escrever, os seios de menina.

Ela está dormindo.

Ele fecha os olhos e com uma suavidade magnífica, chinesa, coloca o seu corpo contra o da criança branca e, baixinho, diz que começou a amá-la.

Ela não ouve.

Ele apaga a luz.

O quarto fica iluminado pela luz da rua.[4]

A *garçonnière*. Numa outra noite, num outro dia.

Ele está sentado na poltrona. Ao seu lado, a mesa baixa. Usa um roupão em seda preta como usam os heróis de província nos filmes. Pode-se ver o que está olhando:

Ela, a criança.

Está dormindo. Virada para a parede, para o lado oposto a ele, nua, fina, magra, linda, como é uma criança.

Acorda.

Olham-se.

E com aquele olhar, com a reciprocidade muda daquele olhar, o amor até então contido chega até o quarto.

Ele diz:

— Você adormeceu. Tomei um banho.

Vai buscar um copo d'água para ela. Olha-a até às lágrimas.

Olha-a o tempo todo, olha tudo nela. Entrega-lhe o copo, coloca-o sobre a mesa. Senta-se. Ainda está olhando para ela. Talvez ela quisesse

[4] No caso de filme, por exemplo: filme-se o quarto iluminado pela luz da rua. O som é retido sobre essas imagens, ficando a distância habitual, assim como os ruídos da rua: o *ragtime* e a Valsa. Filmam-se os amantes adormecidos, O Romance Popular do Livro. Filma-se também a luz dos lampiões da rua.

que ele falasse mais, mas não diz nada. Mais uma vez é difícil saber em que ela pode estar pensando. Ele diz:

— Está com fome.

Ela sacode a cabeça: talvez esteja com fome. Sim, talvez seja isso. Ela não sabe muito bem. Diz:

— É muito tarde para ir jantar fora.

— Existem restaurantes abertos à noite.

Ela diz:

— Como você preferir.

Olham-se, depois desviam o olhar.

A cena é extremamente lenta.

Ela sai da cama.

Vai tomar um banho.

Ele vem. Faz isso por ela, lava-a à moda indígena, com a palma da mão, sem sabonete, muito lentamente. Diz:

— Tem a pele de chuva como as mulheres da Ásia. Tem também a finura dos seus pulsos, e dos tornozelos, como elas; não deixa de ser engraçado. Como explicaria isso...

Ela responde:

— Não explico.

Sorriem um para o outro. Volta o desejo. Param de sorrir. Ele a veste novamente e depois a olha mais uma vez. Olha para ela. Ela já mora dentro dele. E a criança sabe disso. Olha para ele e, pela primeira vez, descobre que um outro lugar sempre esteve entre eles. Desde o primeiro olhar. Um outro lugar protetor, de pura imensidão, inviolável. Uma espécie de China distante, por que não de infância? e que os protegeria de qualquer conhecimento estranho. Ela descobre assim que o protege, da mesma maneira que ele a protege, contra os acontecimentos como a idade adulta, a morte, a tristeza da noite, a solidão da fortuna, a solidão da miséria, a do amor tanto quanto a do desejo.

Ela olha tudo, inspeciona o lugar, aquele quarto, aquele homem, aquele amante, aquela noite através das persianas. Diz que é noite. Através das persianas olha longamente aquela ausência, a do irmãozinho que não sabe nada, que nunca saberá nada da felicidade comum.

Diz que é noite, que de repente está quase frio.

Olha para ele.

Ela está numa aflição incontrolável, diz que quer ver o seu irmãozinho naquela noite mesmo porque ele não sabe nada sobre o que está lhe acontecendo, porque está sozinho.

O amante veio para junto dela, colocou o corpo contra o seu. Diz que sabe o que ela está sentindo naquele momento, aquele desespero, aquela dor. Diz que é assim mesmo, às vezes, a uma certa hora da noite, aquela perturbação, que sabe como se fica perdido. Mas que não é nada. Que a noite é assim para todos quando não se está dormindo. Diz que talvez façam amor, que não é possível sabê-lo já.

E depois deixa-a chorar.

E depois ela diz que talvez esteja com fome.

Ela ri com ele. E diz lentamente:

— Há muito tempo eu o amava. Nunca o esquecerei.

Ele diz que já ouviu isso em algum lugar — sorri — já não sabe onde. Diz: talvez na França.

Depois ela olha para ele. Longamente. Seu corpo adormecido, suas mãos, seu rosto. E diz a ele baixinho que é louco. Da mesma forma que lhe diria que o ama.

Ele abre os olhos. Diz que também tem fome. Vestem-se. Saem. Ele está com as chaves do carro, não acorda o motorista.

Rodam por Cholen deserta.

Passam diante de um espelho vertical na entrada do restaurante.

Ela se olha, se vê. Vê o chapéu de homem em feltro rosa claro com uma fita preta larga, os sapatos pretos gastos com *strass*, o batom excessivo da balsa do encontro.

Ela se olha — aproximou-se da sua imagem. Aproxima-se mais. Não se reconhece muito bem. Não compreende o que aconteceu. Compreenderá anos mais tarde: tem já o rosto destruído de toda a sua vida.

O chinês para. Abraça a criança e olha também para ela. Diz:

— Está cansada...

— Não... não é isso... envelheci. Olhe para mim.

Ele ri. Depois fica sério. Depois olha-a bem de perto segurando o seu rosto. Diz:

— É verdade... Numa noite.

Ele fecha os olhos. A felicidade, talvez.

Da profundeza do restaurante chega o ruído de massacre dos címbalos chineses, inimaginável para alguém que não sabe. O chinês pede que sejam instalados numa outra sala.

Indicam-lhe então uma pequena sala reservada para as pessoas não habituais. Ali a música chega bem mais fraca. As mesas estão cobertas com toalhas. Há muitos clientes europeus, franceses, turistas ingleses. Os cardápios são escritos em francês. Os garçons passam os pedidos gritando para a cozinha em chinês.

O chinês pede pele de pato grelhada com molho de feijão fermentado. A criança pede uma sopa fria. Ela fala o chinês dos restaurantes chineses como uma vietnamita de Cholen, nem melhor nem pior.

Bruscamente ela ri próximo ao rosto do chinês. Acaricia-o e diz:

— A felicidade é engraçada, vem de repente, como a cólera.

Comem. Ela devora. O chinês diz:

— É curioso, você me dá vontade de carregá-la...

— Para onde?

— Para a China.

Ela sorri e faz uma careta.

— Os chineses... não gosto muito dos chineses... sabia disso...?

— Sabia.

Ela diz que gostaria de saber como o pai dele ficou tão rico, de que maneira. Ele diz que seu pai nunca fala de dinheiro, nem com a mulher nem com o filho. Mas que sabe como começou. Ele conta para a criança:

— Começou com os compartimentos. Mandou construir trezentos. Várias ruas de Cholen pertencem a ele.

— A sua *garçonnière*, é isso...

— Sim, claro.

Ela olha para ele, ri. Ele ri também. Certamente de felicidade.

— Você é o único filho?

— Não. Mas sou o único herdeiro da fortuna. Porque sou o filho da primeira mulher do meu pai.

Ela não entende bem. Ele diz que nunca lhe explicará, que não vale a pena.

— Você vem de onde, na China?

— Eu já lhe disse, da Manchúria.

— Isso fica ao norte?

— Muito ao norte. Há neve lá.

— O deserto de Gobi não é longe da Manchúria.

— Não sei. Talvez. Deve ser uma outra palavra. Saímos da Manchúria quando Sun-Yat-Sen decretou a República chinesa. Vendemos todas as terras e as joias de minha mãe. Partimos para o sul. Eu me lembro, tinha cinco anos. Minha mãe chorava, gritava, deitou-se na estrada, não queria mais prosseguir, dizia que preferia morrer a viver sem as suas joias...

O chinês sorriu para a criança.

— Meu pai é um gênio para o comércio. Mas outra vez, quando e como ele achou essa ideia dos compartimentos, eu não sei. Ele é um gênio para as ideias também.

A criança ri. Ele não pergunta por quê.

Ela diz:

— Depois o seu pai voltou a comprar as joias da sua mãe?

— Sim.

— O que era...

— Era jade, diamantes, ouro. Os dotes das moças ricas são sempre muito parecidos na China. Já não sei muito bem... mas havia esmeraldas também.

Ela ri e ele diz:

— Por que está rindo disso?

— É a sua pronúncia quando fala da China.

Olham-se. E, pela primeira vez, sorriem um para o outro. Um longo sorriso. Ele não sente mais medo.

— Nós não nos conhecemos — diz o chinês.

Sorriem mais uma vez. Ele diz:

— É verdade... não consigo acreditar completamente que está aqui. O que é que eu estava dizendo?

— Falava dos compartimentos...

— Os compartimentos lembram as cabanas da África, as palhoças das aldeias. É muito mais barato que uma casa. E aluga-se a preço fixo. Não tem surpresa. As populações da Indochina preferem isso, sobretudo as que vêm do campo. Lá as pessoas nunca ficam abandonadas, nunca ficam sós. Vivem na galeria que dá para a rua... É preciso não destruir os hábitos dos pobres. Metade dos habitantes dorme nas galerias abertas. Durante a monção fica fresco, é maravilhoso.

— Realmente parece um sonho dormir do lado de fora. E também estarem todos juntos e ao mesmo tempo separados.

Ela o olha. Ri. Riem todo o tempo. Ele voltou a ser completamente chinês. Está muito feliz, uma felicidade ao mesmo tempo alegre e grave, muito forte, frágil. Estão comendo. Bebem *choum*. Ele diz:

— Estou contente que goste dos compartimentos.

No caso de um filme a câmera estará sobre a criança enquanto o chinês conta a história da China. Talvez ele seja "maníaco" por essa história. Existe nesse exagero uma loucura que agrada à criança. Ele diz, pergunta:

— A China está fechada aos estrangeiros há séculos, sabia disso?

Não, ela não sabe, diz que sabe muito pouco sobre a China. Diz que sabe um pouco sobre os nomes dos rios e das montanhas, mas do resto, nada.

Ele não consegue deixar de falar sobre a China.

Conta que a primeira abertura de fronteira foi obtida pelos ingleses em 1842. Ele pergunta:

— Sabia disso?

Ela não sabe. Nada, ela diz, não sabe nada. Ele continua:

— Começou no fim da guerra do ópio. A guerra — entre os ingleses e os japoneses em 1894 — desmembrou a China e expulsou os reis manchus. E a primeira república é decretada em 1911. O imperador abdica em 1912. E torna-se o primeiro presidente da República. Com a sua morte em 1916, começa um período de anarquia que acaba com a tomada do poder pelo Kuo-min-tang e a vitória do herdeiro espiritual de Sun-Yat-Sen, Chang-Kai-chek, que dirige atualmente a China. Chang-Kai-chek luta contra os comunistas chineses? Sabe disso?

Um pouco, ela diz. Escuta a voz, aquela outra língua francesa falada pela China, e está maravilhada. Ele continua:

— Foi após uma outra guerra, já não sei mais qual, no final, que os chineses compreenderam que não estavam sozinhos na terra. O Japão à parte, eles pensavam ser os únicos em toda a superfície da terra, que todo o resto era a China. Estava esquecendo de contar: há séculos todos os reis da China eram manchus. Até o último. Depois disso não houve mais reis, houve chefes.

— Onde aprendeu tudo isso?

— Foi meu pai quem me ensinou. E também li nos dicionários em Paris.

Ela sorriu para ele e disse:

— Gosto muito do seu francês quando está falando da China...

— Esqueço o francês quando falo da China, quero ir depressa, tenho medo de ser cansativo. Não posso falar da Manchúria neste país porque aqui os chineses da Indochina não vêm todos do Yunan.

Chega a conta.

A criança olha-o pagar. Ele diz:

— Vai chegar atrasada ao pensionato.

— Posso voltar do jeito que eu quiser.

Espanto do chinês, discreto. A liberdade da criança repentinamente deixa-o preocupado. Um sofrimento vivo, muito jovem, brota nos seus olhos quando sorri para a criança.

Ela olha para ele em silêncio e depois diz:

— Está desesperado. Não sabe disso. Não sabe estar desesperado. Sou eu que sei por você.

— Que desespero?

— O do dinheiro. Minha família também está desesperada pelo dinheiro. É a mesma coisa com o seu pai e com a minha mãe.

Ela pergunta o que ele faz quando cai a noite. Ele responde que vai beber um *choum* com o motorista à beira dos arroios. Conversam juntos. Algumas vezes voltam quando o sol está nascendo.

De quê eles falam?, pergunta ela. Ele diz:

— Da vida. Digo tudo para o meu motorista — completa.

— Sobre você e eu também?

— Sim, até mesmo sobre a fortuna do meu pai.

Pensionato Lyautey à noite.

O pátio está deserto. Perto do refeitório os garotos jogam cartas. Há um cantando. A criança para e escuta os cantos. Ela conhece os cantos do Vietnã. Escuta algum tempo. Reconhece-os todos. O garoto do *paso doble* atravessa o pátio, fazem um aceno mútuo, sorriem: Boa noite.

Todas as janelas do dormitório estão abertas por causa do calor. As meninas estão fechadas sob as gaiolas brancas dos mosquiteiros. Pode-se apenas vislumbrá-las. As lamparinas azuis dos corredores deixam-nas pálidas, agonizantes.

Hélène Lagonelle pergunta baixinho como foi tudo, ela diz: "Com o chinês." Pergunta como é ele. A criança diz que tem 27 anos. Que é magro. Que se poderia dizer que foi um pouco doente quando criança. Mas nada de grave. Que não faz nada. Que se fosse pobre seria terrível, não poderia ganhar a vida, morreria de fome... Mas que ele não sabe disso.

Hélène Lagonelle pergunta se é bonito. A criança hesita. Diz que é. Muito, muito bonito?, pergunta Hélène. Sim. A suavidade da pele, a cor dourada, as mãos, tudo. Diz que é todo bonito.

— E o seu corpo, como é, bonito?

— É como o de Paulo há alguns anos.

É o que a criança pensa.

Hélène diz que talvez seja o ópio que lhe tira a força. Talvez. Ele é muito rico, felizmente, ele nunca trabalha. É também essa riqueza que o faz perder a força. Ele não faz nada além de fazer amor, fumar ópio, jogar cartas... É uma espécie de malandro milionário... sabe como é...

A criança observa Hélène Lagonelle e diz:

— Engraçado, é assim que ele me atrai.

Hélène diz que quando a criança fala dele, também ela se sente atraída por ele.

— Quando fala dele sinto a mesma atração.

— Deseja-o muito?

— Sim. Com você, junto com você.

Beijam-se. Indecentes até às lágrimas, até fazer calar as canções dos garotos que se aproximaram da escada do dormitório.

Hélène diz:

— É a ele que desejo. Ele. Sabe disso. Você o queria.

— Sim. E continuo querendo.

— Você sofreu.

— Muito.

Silêncio. Hélène pergunta:

— A esse ponto... não se pode comparar a mais nada, nada?

— Nada. É tudo muito rápido.

Silêncio.

— Agora está desonrada.

— Sim. Definitivamente — ela ri —, está feito.

— Como se fosse por um branco.

— Sim. É a mesma coisa.

Silêncio. Hélène Lagonelle chora suavemente. A criança não percebe. Hélène diz chorando:

— Você acha que eu suportaria um chinês?

— Se está se colocando a questão, quer dizer que não.

Então Hélène diz à criança que não ligue para o que está dizendo, é a emoção.

Ela pergunta à criança como foi que fez. A criança responde:

— Como acha que foi?

— Eu pensava que era por você ser pobre.

A criança diz: Talvez. Ela ri, emocionada, e diz:

— Eu queria muito que acontecesse com você. Muito. Sobretudo com um chinês.

Hélène, desconfiada, não responde.

Os garotos continuam cantando no fundo do pátio, na direção do refeitório. Elas escutam os cantos em vietnamita. Talvez elas estejam cantando também baixinho em vietnamita.[5]

Manhã seguinte.

Hélène Lagonelle diz que a baderna que se ouve são as regadoras municipais. Hélène Lagonelle diz que o perfume que se sente é o cheiro das ruas lavadas que chega até os dormitórios do pensionato.

[5] No caso de um filme, este detalhe se reproduziria a cada volta da criança à noite. Para marcar um acréscimo de cotidiano de que o filme é desprovido, fora os horários das aulas e do sono, dos banhos e das refeições.

Ela acorda as outras que gritam pedindo que as deixem em paz.

Hélène continua. Diz que o cheiro é tão fresco, é também o Mekong. Que aquela pensão, afinal, torna-se como a casa de todas.

Após a sua declaração, Hélène canta. Nesses dias ela está feliz, apaixonada também pelo chinês, ouvindo a criança de Sadec falar.

A criança caminha pela rua Lyautey. Lentamente. A rua está vazia. Chega diante do liceu. Para. Olha a rua vazia. Todos os alunos entraram em aula. Não há mais crianças do lado de fora. Pode-se ouvir o barulho de outros recreios num pátio interior.

A criança fica do lado de fora, atrás de uma pilastra do corredor.

Não está esperando o chinês, é outra coisa: só quer entrar no liceu no fim do recreio. Subitamente, a sineta. Ela entra, lentamente chega ao lugar do corredor onde as crianças esperam a chegada do professor.

Chega o professor.

As crianças entram.

O professor sorri para a criança da diretora da escola indígena de Sadec.

O corredor do liceu, vazio.

O chão do corredor foi invadido pelo sol até um certo nível da parede.

Retomada do corredor vazio no momento do sino da noite.

O sol desapareceu do chão.

A criança vista de costas sai do corredor do liceu.

Diante dela, recuada da porta do liceu, a limusine chinesa. Nela, apenas o motorista. Quando vê a criança ele salta para abrir-lhe a porta. Ela entende. Não faz pergunta alguma. Sabe. É levada pelo motorista até o seu amante. Entregue a ele. Isso lhe é conveniente.

Durante todo o trajeto a imagem se fixa nela, que esta noite olha para o lado de fora sem ver nada.

Travessia da cidade. Duas ou três localizações no inventário: o teatro Charner, a catedral, o cinema Éden, o restaurante chinês para brancos. O mais bonito hotel do mundo, o Continental. E aquele rio, aquele encantamento, sempre, de dia e à noite, vazio ou cheio de veleiros, de apelos, de risos, de cantos e de pássaros marítimos que sobem até a planície dos Joncs.

O chinês abre a porta antes mesmo que ela bata. Está usando o roupão preto da noite. Ficam ali mesmo onde estão. Ele apanha a mochila dela, joga-a no chão, despe-a, deita-se ao seu lado no chão. Depois espera. Espera. Mais. Diz baixinho:

— Espere.

Penetra na noite negra do corpo da criança. Fica ali. Geme de desejo louco, imóvel, diz baixinho:

— Mais um pouco... espere...

Ela torna-se um objeto dele, apenas dele, secretamente prostituída. Sem ter mais nome. Entregue como coisa, coisa só para ele, roubada. Só por ele tomada, utilizada, penetrada. Coisa subitamente desconhecida, uma criança sem outra identidade senão a de pertencer a ele, ser o bem apenas dele, sem nome, fundida a ele, diluída numa generalidade da mesma forma nascente, a que desde o começo dos tempos foi erroneamente chamada por uma outra palavra, a da indignidade.

São novamente vistos *depois*, deitados no chão, no mesmo lugar. Transformados nos amantes do livro.

A cama está vazia. Os amantes continuam deitados. Em cima deles, o ventilador que roda. Ele tem os olhos fechados. Procura a mão da criança. Encontra-a, coloca-a dentro da sua. E diz:

— Ontem à noite fui a um bordel fazer amor mais uma vez... com você... não consigo... fui embora.

Silêncio. Ela pergunta:

— Se a polícia nos encontrasse... — ri — eu sou menor...

— Eu seria preso por duas ou três noites talvez... não sei muito bem. Meu pai pagaria, não seria muito grave.

A rua de Cholen. Os lampiões se acendem com a luz do crepúsculo. O céu já está azul-noite, pode-se olhá-lo sem queimar os olhos.

À beira da terra, o sol está à beira da morte.

Ele morre.

Na *garçonnière.*

A noite chegou. O céu está cada vez mais azul, brilhante. A criança está longe do chinês, perto da fonte, deitada na água fresca da piscina. Está contando a história da sua vida. O chinês escuta de longe, distraído. Já está em outro lugar, penetrou na dor de amar aquela criança. Não sabe muito bem o que ela está contando. Ela está inteira na história que conta. Diz que conta frequentemente essa história e que tanto faz se a escutam ou não. Diz: mesmo ele, se não escutar, não importa.

Não importa se não escutar. Pode até dormir. Contar essa história representa para mim escrevê-la mais tarde. Não posso deixar de fazê-lo. Uma vez escreverei assim: a vida de minha mãe.[6] *Como ela foi assassinada. Como ela levou anos para acreditar que seria possível alguém roubar todas as economias de uma pessoa e depois nunca mais recebê-la, colocá-la porta afora, dizer que é louca, que não a conhece, rir dela, dar a entender que está perdida na Indochina. E que as pessoas o acreditem e que, por sua vez, sintam vergonha em frequentá-la, eu também o diria. Nunca mais vimos brancos, durante anos. Os brancos tinham vergonha de nós. Minha mãe ficou apenas com uns poucos amigos. De uma só vez, foi o deserto.*

Silêncio.

O chinês:

— É isso que lhe dá vontade de escrever esse livro...

A criança:

— Não exatamente. Não é o fracasso da minha mãe. É a ideia de que essas pessoas do cadastro não devem estar todas mortas, que ainda haverá alguma delas que lerá esse livro e morrerá ao lê-lo. Minha mãe dizia: "Posso ainda vê-los naquele dia, o primeiro dia, eu achava que era o dia mais bonito da minha vida. Trouxe todas as minhas economias numa bolsinha, lembro-me, e

---

[6] A aposta foi mantida: *Uma barragem contra o Pacífico.*

entreguei-a aos agentes do cadastro. E disse-lhes obrigada. Obrigada por terem me vendido aquele maravilhoso loteamento entre a montanha e o mar."

Depois, quando a água subiu pela primeira vez, eles disseram que nunca a tinham visto no cadastro de Kampot, nunca, que ela nunca fizera um pedido de concessão, nunca. Chegando a este ponto de sua história, a mãe chorava e dizia saber que iria chorar até a morte e desculpava-se sempre por isso com os filhos, mas era impotente contra os crápulas daquela laia de brancos da colônia. Dizia: "E depois eles ainda escreveram ao governador do Camboja dizendo que eu ficara louca, que era preciso mandar-me de volta à França." Então, em vez de morrer, depois, ela recomeçou a confiar. Confiou durante três anos ainda. Isto nós, os seus filhos, não podíamos entender. E chegamos nós mesmos a acreditar na loucura de nossa mãe, mas sem nunca dizer a ela. Recomeçou a comprar toras de madeira para consolidar as barragens. Pediu dinheiro emprestado. Comprou também pedras para consolidar os taludes ao longo das sementeiras.

A essa altura da narrativa, a criança sempre chorava.

Então o mar subiu.

E então ela desistiu.

Durou talvez quatro anos, já não se sabe muito bem. Até que aconteceu: acabou. Ela desistiu. Disse: acabou. Disse que desistia. E o fez.Partiu.

Os arrozais foram invadidos pelas marés, as barragens foram arrastadas.

O arrozal do alto ela deu para os empregados, com o bangalô e os móveis.

A criança sorri. Desculpa-se. Tenta em vão evitar o choro. Ela chora.

— Ainda não consigo me acostumar com essa vida da minha mãe. Nunca conseguiria.

O chinês pôs-se a escutar tudo o que a criança está contando. Deixa-a sozinha, distante. Esqueceu-a.

Ele ouviu a história da mãe.

Silêncio. A criança ainda diz:

— Uma ou duas vezes por ano ainda vamos lá, nas férias, os quatro juntos. Thanh, minha mãe, Paulo e eu. Viajamos de carro toda a noite. Chegamos de manhã. Achamos que vamos conseguir ficar, mas não conseguimos, partimos na mesma noite. Agora minha mãe está calma. Acabou. Está como antes. Apenas não quer mais nada. Diz que seus filhos são heroicos por terem suportado essas coisas. A sua loucura, ela. Diz que não espera mais nada. Apenas a morte.

A criança se cala. Tenta não chorar. Mas chora assim mesmo.[7]

Ela dizia que no mundo inteiro é igual.

Que a vida era assim.

O chinês diz:

— E você também acredita nisso.

— Não. Eu só acredito nisso em relação à minha mãe. Acredito totalmente em relação aos pobres, mas não em relação a todo mundo.

— No que se refere a Thanh, acredita.

— Não. Para Thanh acredito no contrário.

— O que é o contrário?

— Ainda não sei. Apenas Thanh o saberá. Ele ainda não sabe que sabe, ainda não sabe dizê-lo, mas um dia saberá dizê-lo e pensá-lo.

Disso a criança está certa.

O chinês pergunta-lhe se foi ver os arrozais depois da tempestade definitiva.

Ela diz que sim, que foram, Paulo, Thanh e ela. Havia tanta espuma que não se reconhecia mais nada. O lugar tornara-se um abismo de espuma. Havia espuma nos mangues da beira do mar e também na montanha, na floresta, até mesmo sobre as árvores gigantescas havia também.

Silêncio. Depois a criança diz:

— Eu não fui ao liceu hoje. Prefiro ficar com você. Ontem também não fui. Prefiro ficar com você para conversarmos.

O chinês está de pé.

Senta-se numa poltrona.

Não está mais olhando para ela.

De repente a música americana chega da galeria dos compartimentos: o *ragtime* de Duke Ellington. Depois vem aquela valsa desesperada vinda de outro lugar, tocada ao piano ao longe — essa valsa será a do final do filme. Assim, ainda distante, a volta à França já entra no quarto dos amantes, tanto quanto no livro.

[7] Durante toda a sua vida, mesmo na velhice, ela havia chorado pela terrível injustiça de que a mãe fora vítima. Nunca lhe devolveram nem um tostão. Nem mesmo uma censura, jamais, foi pronunciada contra os escroques do Cadastro francês.

A criança e o chinês escutam a valsa. Ela diz:

— Ele toca sempre à mesma hora... certamente quando volta do trabalho...

— Certamente. Faz algumas semanas que ele chegou ao compartimento. Um mestiço, me parece.

— É sempre a mesma canção como num filme quando volta a música... e fica triste.

O chinês pergunta de onde vem Thanh.

Ela diz que a mãe o encontrou no alto da montanha na fronteira entre o Sião e o Camboja, na noite em que voltava das pimenteiras com os filhos.

Eles se olham. Escutam. Ela senta-se perto dele. O chinês diz:

— Vou comprar os discos para quando tiver partido de volta à França.

— Sim.

O chinês esconde o rosto e diz baixinho:

— Para quando tiver morrido... é a mesma coisa.

— Sim.

Calam-se.

Ela aninha-se a ele.

Não pede nada.

Diz:

— É verdade que vamos nos separar para sempre. Acha que estávamos nos esquecendo disso?

— Não. Um dia você vai voltar para a França, não posso suportar. Um dia vou me casar. Não posso e sei que vou fazê-lo.

A criança se cala. É como se tivesse vergonha por ele.

O chinês diz:

— Vem. Olhe para mim.

Toma-lhe o rosto na mão forçando-a a olhar para ele.

— Quando é que volta para a França? Diga a data imediatamente.

— Antes do fim do ano letivo. Depois dos exames, mas ainda não está certo. Minha mãe sente muita dificuldade em partir da colônia. Nas férias ela sempre acha que vai partir e acaba ficando. Diz que com o tempo tornou-se uma nativa, como nós, Paulo e eu. Que há muitos colonos como ela.

— E este ano ela partirá... Você sabe disso.

— Este ano, como ela pediu o repatriamento do seu filho mais velho, vai tirar férias para visitá-lo. Ela não consegue viver sem ele, não consegue mesmo...

Silêncio. O chinês diz:

— Eu passarei o resto da minha vida neste lugar: Sadec. Mesmo que eu faça viagens, sempre voltarei para cá. Porque é aqui que está o dinheiro. Para mim é impossível partir. A menos que haja guerra.

A criança olha para ele. Não consegue compreender. Ele diz:

— Há anos sou noivo de uma jovem da Manchúria.

A criança sorri. Diz que já sabe.

— Eu sabia. Thanh me contou. Todos sabem, em todo lugar, são as empregadas que contam as histórias de família.

Silêncio. E a criança diz:

— Eu poderia escutar cem vezes as suas histórias sobre a China...

Toma as mãos dele e coloca-as contra o seu rosto, beijando-as. Pede-lhe que conte mais.

O chinês conta, os olhos fixados nela, a pequena branca, uma história da China imperial.

— Fomos designados pelas famílias, tanto ela quanto eu, desde a infância. Eu tinha 17 anos, ela tinha sete. Na China é assim, para preservar o patrimônio das famílias dos reveses da fortuna, as duas famílias devem ter a mesma riqueza... Está tão encravado nos hábitos da China que não se pode fazer de outra maneira.

Ele olha para ela:

— Estou lhe aborrecendo.

— Não.

— Os filhos vêm logo. As responsabilidades. As amantes. Muito rapidamente não se pode mais mudar nada na vida. Os chineses, mesmo os que não são muito ricos, têm amantes. As mulheres sabem disso. Assim ficam tranquilas: quando eles têm mulheres fora, sempre voltam para casa.

— Não é só na China...

— Sim, não é só na China que isso é estabelecido.

— Vai se casar com essa noiva.

— Sim — diz com um soluço. — Não com você. Nunca com você. Nunca. Mesmo na outra vida.

Ele chora nas suas mãos. Vendo-o chorar, ela chora.

— Se não tivéssemos nos conhecido assim, se eu fosse uma chinesa rica, também teria sido assim. Então talvez seja a mesma coisa...

Ele olha para ela. Não responde. Diz:

— Talvez seja igual, ainda não posso saber. Venha para perto de mim.

Ela vai para perto dele na cama, deita-se. Toca a sua testa e diz:

— Você está quente.

Ele a olha com todas as suas forças e diz:

— Estou muito emocionado por lhe contar essas coisas... é por isso.

Com as mãos ele desnuda o rosto da criança para vê-lo por inteiro. Ela diz:

— Eu gostaria que nos casássemos. Que fôssemos amantes casados.

— Para fazermos sofrer um ao outro.

Ela não sorri mais.

Está chorando. E ao mesmo tempo dizendo que seria a felicidade:

— Sim, por isso, para fazer sofrer o máximo possível. E voltar depois.

Silêncio. Ela diz:

— Sua mulher rapidamente vai saber da nossa história por meio dessas empregadas de Sadec. E vai sofrer. Talvez ela já saiba. É por esse sofrimento que eu lhe causo que vão também se casar.

— Sim.

Ele diz:

— As famílias esperam o primeiro filho, o herdeiro... desde a primeira noite... Tenho muito medo disso... de não poder.

Ela não responde. Diz:

— Depois farão uma viagem ao redor do mundo.

— Sim. É verdade. A essa altura você ainda estará no navio para a França.

Silêncio. Ela pergunta:

— Onde no navio...?

— No oceano Índico. Ao largo de Colombo.

— Por que lá...?

— Disse por dizer.

Silêncio. E o chinês diz:

— Vamos a Long-Hai. Aluguei um quarto no bangalô da França.

— Quando?

— Quando quiser. Hoje. Esta noite.

— E o liceu?

Subitamente o chinês adquire um tom cerimonioso:

— Não é grave. Mesmo antes, não ia ao liceu todos os dias. Vai ao jardim zoológico, e com frequência. Já me informei.

A criança recua um pouco. Tem medo. Pergunta, grita baixinho:

— Mas por que ir lá, a Long-Hai?

O chinês olha para ela profundamente e seus olhos se fecham com o golpe do pensamento atroz de perder a criança.

Ele diz:

— Já comecei a sofrer com a nossa separação. Estou enlouquecendo... Não posso me separar de você, é impossível, e vou fazê-lo, eu sei.

Não está mais olhando para ela. Os olhos fechados, ele acaricia os seus cabelos. Ela recua, ainda mais, levanta-se, vai na direção da outra porta. Ele pergunta:

— Por que não gosta de Long-Hai?

— Ia lá com a minha família e uma vez senti medo... um medo terrível... os tigres, eles vêm à noite banhar-se em Long-Hai e uma vez, pela manhã, com o meu irmãozinho, vimos o rastro bem recente de um tigre, um tigre pequeno, mas mesmo assim... fugimos... que medo. Além disso a praia é completamente deserta, não há nada, nenhuma aldeia, nada... ninguém... só há loucos, mendigos, vão mendigar nos mosteiros dos bonzos...

A criança fecha os olhos. Está pálida. O chinês chega perto dela.

— Do que é que tem mais medo? Dos tigres ou das pessoas?

Ela diz, grita:

— Das pessoas. De você. De você, chinês.

Um longo silêncio dele, a quem ela repentinamente não reconhece mais. Ele pergunta:

— De onde vêm essas pessoas?

— Do Annam. Das ilhas da baía de Along. Da costa. Muitos daquela penitenciária, sabe... Paulo Condore. Há também malucos, doidos que passam. Mulheres também, expulsas das aldeias. Nos mosteiros dos bonzos recebem arroz quente e chá, algumas vezes essas pessoas matam um cachorro errante e cozinham-no na praia, e cheira muito mal a cem quilômetros da praia.

— Esses lugares são também o caminho das invasões chinesas.

— Talvez. Disso não estou a par. Eu pensava que os chineses passassem pelas montanhas do Yunan.

Ela diz que de todas as pessoas, são as mulheres que lhe causam mais medo. Porque riem ao mesmo tempo que choram.

— De onde elas vêm?

Isso a criança não sabe muito bem. Aí ela inventa. Tudo. Diz que elas vêm da Índia por mar... escondem-se nos veleiros... Que estão todas fora do seu juízo normal, todas loucas de tanto medo, de terem visto os filhos morrerem de fome, medo do sol, da floresta, das nuvens de mosquitos, dos cães raivosos, e depois dos tigres. O chinês diz que há uma dessas mendigas entre Vinh-Long e Sadec, à noite, que grita rindo, que faz discursos, que canta. Que dá medo.

A criança diz que conhece essa mendiga como todo mundo entre Sadec e Vinh-Long, que ela vem do Laos, que o que canta são canções de ninar do Laos.

Ele ri e diz:

— Está inventando... Como é que sabe disso?

A criança sente medo. Está mentindo? Já não sabe mais como soube disso, se está mentindo ou não, já não sabe. Diz:

— Acho que soube por Anne-Marie Stretter. Ela vem do Laos, conhece a sua língua, reconheceu as palavras das canções. Falou com minha mãe uma vez... no Círculo... é isso.

A criança canta toda a primeira estrofe que a mendiga do Ganges canta na rua do Posto à noite. Ela diz:

— Está vendo... eu conheço essa canção de ninar...

Ele diz que isso não prova nada. Ri. Pergunta:

— Quem lhe conta tudo isso sobre Long-Hai?

— Minha mãe e Dô, e Thanh também. A vida toda...

— Por que eles lhe contam isso?

— Para me despertar o interesse, por que mais seria...

— Sua mãe não vai ao Círculo porque tem vergonha pelo seu irmão mais velho. E a senhora Stretter você nem conhece, nem você nem sua mãe... Está dizendo qualquer coisa...

A criança de repente grita:

— Todo mundo pode ver a sra. Anne-Marie Stretter. Todas as noites ela está nas varandas com as suas filhas... O que acha que ela é, a sra. Anne-Marie Stretter?... Primeiro todo mundo conhece a sua história no Laos, com aquele rapaz em Vientiane, estava nos jornais...

O chinês a ouve. Ele a adora. A criança continua a história:

— Além disso, um dia eu a vi numa aula de latim na casa do pároco de Vinh-Long. Ele ensinava latim às crianças francesas e ela chegou com as filhas. Perguntou ao padre quem eu era. Ele disse: a filha da diretora da escola de meninas. Ela sorriu para mim. Disse ao padre que eu tinha um olhar engraçado. Eu ouvi. Repeti para minha mãe. No dia seguinte minha mãe me levou para uma consulta no doutor Sambuc para saber se mais tarde eu ficaria vesga ou não. Ficou tranquila, eu não tinha nada de vesga...

— E o latim, você aprendeu?

— Mais ou menos. Depois abandonei.

Silêncio.

— Nunca a pediram em casamento? Está na moda em Saigon...

— Sim. Primeiro minha mãe diz logo que sim, depois eu choro, então ela diz não e isso cria problemas... O último era um senhor da Empresa de Transportes Marítimos, tinha pelo menos 35, 38 anos... Ganhava muito dinheiro. Minha mãe quase cedeu, mas eu disse não, que era muito gordo... muito vermelho... sabe como é...

Silêncio. Depois o chinês pergunta:

— Você teve medo hoje.

— Sim. Você também.

— Sim.

— De que maneira teria me matado em Long-Hai?

— Como um chinês. Com a crueldade além da morte.

Ele vem buscá-la perto da porta. Ela está exausta. Leva-a para a cama. Ela fecha os olhos para dormir, mas não dorme. Ele a toma nos braços. Ele lhe fala em chinês. Isso faz com que ela ria, como sempre.

— Cante para mim em chinês.

Ele canta em chinês. Depois chora. Ela chora com ele sem saber por quê.

Eles não se olham. Depois ela suplica. Então ele a penetra com uma suavidade que ela ainda não tinha sentido. E ele fica ali, imóvel. O desejo os faz gemer. Ela fecha os olhos. E diz:

— Possua-me.

Baixinho o chinês pede:

— Vai me contar quando souber a data da sua partida?

— Não.

Ela pede mais uma vez. Ele a possui.

Ela se vira, se aninha contra ele. Ele a abraça. Diz que ela é a sua criança, sua irmã, seu amor. Não sorriem. Ele apaga a luz.

— Como me mataria em Long-Hai? Diga mais uma vez.

— Como um chinês. Com a crueldade além da morte.

Ela recita o fim da frase como faria com um poema.

O liceu — os corredores estão cheios de alunos. A criança ainda espera encostada a uma pilastra do corredor. Está virada para o lado de fora, isolada.

O inspetor passa, bate no seu ombro e diz:

— Preciso falar com você.

Ela segue o inspetor até o seu gabinete.

— Muito bem. É claro que as mães de alunas proibiram às suas filhas qualquer contato com você. Sabe disso...

A criança sorri. Ela sabe.

— Mas há o mais grave. As mães das alunas avisaram à diretora do Lyautey que você não voltava todas as noites ao pensionato — ligeira raiva do inspetor —, como o souberam... mistério... Você está cercada por uma rede policial de mães de alunas — ele sorri — de Saigon. Elas querem que as suas filhas fiquem preservadas. Dizem — aguente firme — "Por que essa prostituta quer tanto um curso superior? O primário é feito para esse tipo de gente..."

Silêncio. Ela pergunta:

— Está me avisando por causa da minha mãe?

— Sim. Sabe que a estimo muito. (Tempo.) O que acha que podemos fazer?

— Podemos continuar, nós dois. O senhor a me avisar e eu a não voltar para o Lyautey... Não sei... O senhor o que acha?

Silêncio.

— Eu não sei.

O inspetor diz:

— A diretora do Lyautey avisou a sua mãe...

— Sim. A minha mãe não se preocupa nem um pouco com a nossa reputação... minha família não é como as outras.

— O que é que a sua mãe quer para os seus filhos?

— Que seus filhos sejam bem-colocados, para que ela possa morrer. Ela não sabe o que quer.

O inspetor continua a desempenhar o seu papel:

— Você também faltou às aulas, mas disso me encarrego eu.

— Eu sabia.

O inspetor lança-lhe um olhar cheio de amizade.

— Nós dois somos amigos...

A criança sorri. Está menos certa do que ele disso.

— É verdade?

O inspetor confirma:

— É verdade.

Ela sorri.

Silêncio.

— É o seu último ano na Indochina...

— Sim... as minhas últimas semanas talvez... Mesmo se o diretor pedisse o meu desligamento, não teria mais importância. Mas eu sei que ele não fará isso.

— Ele nunca o fará.

O inspetor sorri para a criança.

— Eu lhe agradeço por confiar em nós. "O corpo docente terá salvo a Indochina da imbecilidade dos brancos." É o que sua mãe me disse um dia. Nunca o esqueci.

A jovem está distraída, indiferente à afronta durante todo o tempo da conversa. Ela diz:

— Acho que agora nada disso importaria para minha mãe. Ela repatriou o seu filho mais velho. Nada mais conta para ela agora.

O inspetor não sabia.

— Ah, ela acabou fazendo...

— Sim.

— É uma pena... um garoto encantador... Pierre. Eu o conheci criança, você sabia...

Sim, ela sabia. Os olhos da criança enchem-se de lágrimas. Ele percebe:

— Ele foi terrível com você e com o seu irmãozinho...

Toca a sineta da volta às aulas. O inspetor e a jovem saem juntos do gabinete. Ela pergunta:

— Conheceu minha mãe no Tonkin...

Ele fica espantado — ela nunca falou de sua família.

— Sim. Você ainda não tinha nascido.

— Como ela era. Eu não tenho a menor ideia.

Espantado, ele responde com graça:

— Olhos verdes. E cabelos pretos. Bonita. Muito alegre, sorridente, muito atraente. Perfeita.

— Um pouco demais, talvez...

— Talvez...

— E meu pai...?

— Era louco por ela. Além disso, era um... professor notável.

A criança conhece a vida da mãe. Ela falara disso frequentemente. Diz:

— De qualquer maneira, acho que foi feliz com ele.

— Sem dúvida alguma foi. Ela dava a impressão de ser uma mulher realizada. Mas nunca se sabe — ele vira-se para a criança e repete: nunca.

— É verdade. Eu queria lhe dizer... continue a fazer na vida o que deseja fazer, sem nenhum conselho.

Ela sorri e diz:

— Nem mesmo seu?...

Ele sorri com ela e diz:

— Nem mesmo meu.

Na *garçonnière*.

O chinês diz:

— Vou a Sadec esta noite, tenho que ir, voltarei dentro de dois dias. O motorista vai lhe trazer o jantar. Nós a levaremos de volta ao pensionato antes de ir embora.

Tomam uma ducha. Ela lhe fala sobre a quarentena que lhe foi imposta no liceu. E ri:

— Ninguém fala mais comigo no liceu por sua causa.

— É você quem está imaginando isso.

— Não. Houve reclamações de mães de alunas.

Ele ri com ela. Pergunta de que aquela sociedade tem medo.

Ela diz:

— Da sífilis. Da peste. Da sarna. Da cólera. Dos chineses.

— Por que dos chineses?

— Porque eles não são colonizados, estão aqui como poderiam estar na América, eles viajam. Não se pode agarrá-los para serem colonizados, aliás é de se lamentar.

O chinês ri. Ela ri com ele, olha-o, deslumbrada com a evidência:

— É verdade. Não é nada, nada.

Silêncio.

— Esta noite vou voltar para o pensionato... Eles também avisaram a minha mãe...

O motorista traz a bandeja. Coloca-a sobre a mesa. Grelhados e sopas. Eles comem. Conversam. E se olham.

O chinês sorri:

— Estamos cansados. É gostoso.

— Sim. Estávamos com fome também. Não havíamos percebido.

— Também é gostoso conversar.

— Sim. Conversa algumas vezes com outras pessoas?

Ele dá um sorriso de criança. Ela olha para ele e pensa que jamais o esquecerá. Ele diz:

— Conversei muito com minha mãe.

— Sobre o quê?

— Sobre a vida.

Riem.

Ela o observa, e pergunta:

— Parece-se com ela?

— Já disseram isso, mas eu não sei. Minha mãe fez a Universidade na América, não lhe contei isso... Estudou Direito. Para ser advogada.

— Seu pai não quis...

— É isso... Ela também não queria mais, queria ficar com ele o dia inteiro. Deram a volta ao mundo depois do casamento.

Silêncio.

A criança está pensativa. Ela diz:

— Talvez a sua mãe gostasse de mim.

O chinês sorri.

— Talvez. Ela era ciumenta, mas talvez...

— Pensa nela às vezes...

— Acho que todos os dias.

— Quando foi que ela morreu?

— Há dez anos, eu tinha 17; de peste, em dois dias, aqui, em Sadec.

Ele ri e chora ao mesmo tempo. E diz:

— Está vendo... eu não morri de dor.

Ela chora com ele. Ele diz que ela também era engraçada, muito alegre.

No pátio do Lyautey, Hélène Lagonelle espera a sua amiga. Continua deitada no mesmo banco em frente ao portão, na parte sombria do pátio.

— Onde é que estava...

— Com ele.

Silêncio. Hélène Lagonelle estava inquieta. Sempre aquele medo de ser abandonada. Ainda está apavorada. Desmancha as tranças da criança. Cheira os seus cabelos. Diz:

— Também não foi ao liceu.

— Ficamos na *garçonnière*.

Silêncio. Hélène Lagonelle diz com prazer:

— Um dia vai ser uma catástrofe... vai ser expulsa do liceu, do pensionato... de toda parte.

A criança diz que fica feliz com a ideia de que isso um dia seja possível.

— E eu então?...

— Você... nunca — diz a criança — nunca a esquecerei...

Hélène Lagonelle diz que eles telefonaram. Que era preciso estar preparada:

— Pediram-me para dizer-lhe que deve ir ver a supervisora de permanência. Que é urgente. Trata-se de uma mestiça chinesa. É boazinha, jovem como nós.

A criança foi ver a jovem supervisora.

Ela é sorridente, jovem. A criança diz:

— Quer falar comigo.

— Sim... sabe por que venho... por Hélène...

— Fomos obrigados a avisar a sua mãe... Porque o Liceu telefonou... o inspetor...

A criança não se espanta. Ela ri. Diz que não havia pensado nisso. Diz:

— Não era preciso avisar a minha mãe, ela sabe de tudo e não se importa. Deve ter esquecido... Ela finge acreditar na disciplina, mas não é verdade... Minha mãe não liga para nada... Vejo-a como uma espécie de rainha, sabe... uma rainha... sem pátria... da... como dizer... da pobreza... da loucura, sabe...

A jovem supervisora vê que a criança está chorando sem se dar conta. Ela diz:

— Eu conheço a história da sua mãe. Você tem razão. É também uma grande professora primária... Na Indochina ela é adorada por sua paixão pela profissão... Educou milhares de alunos...

— O que é que falam dela?

— Dizem que nunca abandonou um aluno antes que soubesse ler e escrever. Nunca. Que dava aulas tarde da noite para as crianças que sabia que mais tarde seriam operários, "manuais", ela dizia: explorados. Só os largava quando estava certa de estarem aptos a ler um contrato de trabalho.

A criança disse que quando esses alunos moravam muito longe para voltarem para casa à noite, ela fazia-os dormir sobre esteiras em sua casa, na sala, no pátio coberto. A criança disse que era maravilhoso ter todos aqueles alunos espalhados pela casa...

A jovem supervisora olha longamente para a criança e diz sem nenhum constrangimento:

— É você que tem um amante chinês...

— ...Sim, sou eu.

Sorriem uma para a outra. A jovem supervisora diz:

— É sabido em todas as escolas, todos os colégios. É a primeira vez que acontece.

— Como é que se explica?...

— Acho que vem dos chineses — os velhos chineses que não queriam brancas para os seus filhos, mesmo como amantes.

— E como aconteceu com você?

— O meu pai é que era branco... um funcionário da alfândega... E o seu?

— Professor de matemática.

Ambas riem como alunas.

A supervisora diz:

— Sua mãe precisa vir ver a diretora. Senão terei problemas. Sou obrigada a pedir-lhe...

A criança promete que sim.

É de manhã bem cedo. A mãe tivera que viajar durante a noite com Thanh.

A mãe atravessa o pátio vazio. Dirige-se para o gabinete onde a jovem supervisora estava na véspera. Está usando as suas velhas meias de algodão cinza, seus velhos sapatos pretos, seus velhos cabelos puxados sob o boné colonial, aquela enorme e velha bolsa que seus filhos sempre conheceram. Sempre aquele luto do pai que arrasta há 13 anos — o pano preto sob o boné branco.

Uma velha senhora, também francesa, recebe a mãe. É a diretora do Lyautey. Já se conhecem. Ambas chegaram à Indochina no início da escolarização das crianças indígenas, em 1905, com os primeiros contingentes de educadores que vinham da metrópole. A mãe fala de sua filha:

— É uma criança que sempre foi livre, sem isso ela foge de qualquer lugar. Mesmo eu, sua mãe, não posso fazer nada... Se quero tê-la comigo, preciso deixá-la livre.

Repentinamente começam a tratar-se por você, reconhecem-se. Ambas vêm do norte, de Pas-de-Calais. A mãe fala de sua vida.

— Você talvez não saiba, mas minha filha vai bem na escola, mesmo sendo livre. O que aconteceu com meu filho mais velho é tão terrível, tão grave, certamente deve saber, aqui se sabe tudo... os estudos da menor são a única esperança que me resta.

A diretora ouvira falar da criança nas reuniões dos professores do liceu Chasseloup-Laubat.

A mãe contara sobre a morte do pai, os estragos da disenteria amebiana, o desastre das famílias sem pai, seus próprios enganos, sua confusão profunda, sua solidão.

A diretora havia chorado com a mãe. Permitira que a criança morasse no pensionato como se fosse um hotel.

A mãe saiu do gabinete da diretora. Voltou a atravessar o pátio. A criança a viu mas não foi na sua direção; subira ao dormitório, esconde-ra-se e chorara por aquela mãe de quem se envergonhava. O seu amor.

Um corredor do liceu. Chove. Todas as alunas estão sob a cobertura do segundo pátio. A criança está sozinha sob o pórtico do corredor que separa os dois pátios. Foi boicotada. Mas prefere ficar assim, onde está. Fica olhando a chuva cair no grande pátio vazio.

Pode-se ouvir o burburinho do recreio das outras ao longe, do outro lado do corredor separado dela para sempre, pode pressenti-lo. Já sabe que ficarão separadas por toda a vida, como já estão agora. Não busca uma razão para isso. Sabe apenas que é assim.

Nesse dia o carro do chinês está em frente ao liceu. O motorista está sozinho. Ele desce e fala em francês à criança:

— O jovem senhor foi novamente para Sadec. Seu pai está doente.

Diz que tem ordem de conduzi-la ao liceu e ao pensionato durante a ausência do patrão.

No Lyautey os garotos estão cantando nos pátios. E Hélène Lagonelle está dormindo.

No dia seguinte, no mesmo endereço da rua do liceu, o motorista não está mais sozinho. O jovem senhor está lá, no carro. É hora da saída do liceu. A criança vai até perto dele. Sem uma palavra, diante dos passantes, das alunas, ficam abraçados num beijo muito longo, esquecidos de tudo.

O chinês diz:

— Meu pai vai viver. Ele recusou, diz que preferiria ver-me morto.

O chinês havia bebido choum. A criança não entende nada do que diz. Mas não diz isso a ele. Escuta com atenção. Ela ignorava as verdadeiras razões daquela viagem do chinês, ele fala no difícil francês dos chineses da colônia quando bebem choum. Ele diz:

— Supliquei a ele. Disse que algum diz deve ter sentido um amor como esse, que não é possível. Peço-lhe que me permita casar com você durante um ano, para depois mandá-la de volta à França. Porque ainda não sou capaz de abandonar este amor por você.

A criança se cala e depois pergunta onde aconteceu aquela conversa com o pai. O chinês diz que foi no quarto do pai, na casa de Sadec. A criança pergunta onde estava o pai enquanto conversavam. O chinês diz que ele fica o dia todo sobre uma tarimba porque é velho, nobre e rico. Mas que antes recebia as pessoas no seu escritório americano. Que ele, o filho daquele pai, quase o tempo todo prosternava-se para escutá-lo.

A criança teve vontade de rir, mas não o fez.

O chinês, sempre num francês confuso, conta à criança. Mas o que ela ouve é a história do pai através das suas palavras, suas respostas. O chinês diz:

— Eu lhe disse que é muito recente, muito forte, disse que é terrível para mim ter que me separar de você dessa maneira. Que ele, meu pai, deve saber o que é um amor como esse, tão importante, que nunca mais se repete na vida, nunca mais.

O chinês chora ao dizer as palavras: nunca, nunca mais. Ele diz:

— Mas meu pai não se importa com nada.

A criança pergunta se o pai algum dia conheceu aquele tipo de amor de que ele fala. O chinês não sabe. Ele reflete, tenta se lembrar. E finalmente diz que sem dúvida sim, conheceu. Foi quando ele era muito jovem, aquela garota de Cantão, também estudante.

A criança pergunta se o pai lhe falara sobre isso. O chinês responde:

— Nunca falou a ninguém — ele completa —, só a minha mãe, que sofreu quando soube.

O chinês se cala.

A criança fecha os olhos, vê o rio diante da mansão de cerâmica azul. Diz que havia uma escada com degraus que desciam até dentro do rio. Ele diz que os degraus continuam lá para que as mulheres e as crianças pobres possam se banhar e lavar os seus pertences na água do rio, que os degraus desciam até desaparecer. E o pai ficava numa tarimba em frente àquela escada para ver as mulheres que se despiam e entravam nas águas do rio rindo juntas. E também ele, o seu filho, o pequeno chinês, olhara-as com o pai, quando alcançara a idade para ver esse tipo de coisa.

O chinês disse que o pai lhe entregara uma carta aberta destinada à mãe, para que ele a lesse. Ele lera e devolvera-a ao pai. Disse ter esquecido o que aquela carta dizia à mãe. A criança não acreditou. Disse que certamente não voltaria a ver os degraus e as mulheres que entravam no rio, mas que agora ela se lembraria por toda a vida.

E o chinês por sua vez lembrou-se do que dizia uma segunda carta que o pai escrevera a ele, seu filho, e que ele, o filho, perdera e depois reencontrara e que pensava ter-lhe devolvido depois da outra destinada à mãe. O chinês apanhou-a para traduzi-la à criança:

"Não posso aceitar o que está me pedindo. Sabe disso. Após esse ano que me pediu, será impossível para você deixá-la. E então perderá a sua futura esposa e seu dote. Será impossível que ela o ame depois disso. Por isso manterei as datas já fixadas pelas famílias."

O chinês continua a traduzir a carta do pai:

"Conheço a situação da mãe dessa jovem. Precisa se informar para saber de quanto ela precisa para acertar as suas dívidas com a barragem do oceano. Conheço aquela mulher. É respeitável. Foi roubada pelos funcionários franceses do Cadastro no Camboja. E tem um mau filho. (Tempo.) A pequena eu nunca vi. Nem sabia que havia uma menina naquela família."

A criança diz que não entende nada da carta do pai. Ela tenta não rir mas depois não se contém mais e ri com todas as suas forças. E o chinês, repentinamente, ri junto.

O chinês apanha a carta do pai das mãos da criança e termina a leitura:

"Em poucos dias saberei a data de sua partida. Você precisa ir ver a mãe hoje mesmo para tratar do assunto do dinheiro. Depois seria tarde demais. Deve ser muito educado com ela. Muito respeitoso para que não se sinta envergonhada em receber o dinheiro."

Quando o chinês chega à casa da mãe, já há dois chineses esperando, sentados no chão junto às paredes. São os patrões da *Fumaria do Mekong*. Os três chineses reconhecem-se.

O filho mais velho está sentado à mesa da sala de jantar. Não parece compreender o que está acontecendo, como se estivesse dormindo. Ele já tem a palidez dos fumantes de ópio; seus lábios estão prostrados, de um vermelho cor de sangue.

O irmãozinho Paulo também está lá. Está deitado junto à parede da sala de jantar. É um belo adolescente, com jeito de mestiço. Ele e o chinês trocam um sorriso. O sorriso do irmãozinho lembra o da irmã. Ao lado do irmãozinho está um outro rapaz muito bonito, o pequeno motorista da mãe chamado Thanh. Ele se parece com o irmãozinho e a irmã sem que se possa dizer de que maneira: talvez o medo no olhar, muito puro, inocente.

A cena é imóvel. Ninguém se mexe. Ninguém fala. Ninguém diz bom-dia.

Os três chineses dizem muito calmamente algumas frases.

E depois se calam.

O amante chinês dirige-se para o irmão mais velho e explica-lhe:

— Eles estão dizendo que vão formalizar uma queixa contra vocês. São os proprietários das *Fumarias do Mekong*. Você não os conhece. Só conhece os gerentes, que são empregados.

Nenhuma resposta do filho mais velho.

Chega a mãe, saída do chuveiro, pés descalços, um vestido largo, feito por Dô, tem os cabelos molhados, desarrumados. O irmãozinho continua sentado no chão junto à parede, longe do centro da cena, parece interessado pelo que está acontecendo, aquele súbito vaivém de desconhecidos em casa.

O chinês olha para a mãe com uma curiosidade apaixonada.

Ela lhe sorri. É no sorriso que se pode ver a semelhança com sua filha. Esse sorriso é também o mesmo do irmãozinho.

A mãe não dá importância alguma à presença de um terceiro chinês na casa, mesmo elegantemente vestido, à europeia. Para ela, todos os chineses saem das fumarias. Pergunta então ao seu filho mais velho:

— Quanto é que está devendo?

— Pergunte a eles. De qualquer maneira, são uns crápulas, vão mentir.

A mãe descobre um chinês que nunca havia visto:

— É verdade o que meu filho está dizendo?

O chinês:

— É verdade, senhora — ele completa sorrindo. — Desculpe-me, mas eles não vão ceder... nunca... Vão impedi-los de subirem a bordo do navio... Se quiser se ver livre deles, é melhor pagar o que lhes deve.

A mãe descobre que o "terceiro chinês" não é um credor, e sorri para ele.

O chinês fala aos seus congêneres em chinês. Estes saem imediatamente da casa quando reconhecem o filho do chinês da casa azul.

O irmão mais velho pergunta ao chinês desconhecido:

— Por que veio aqui?

O chinês vira-se para a mãe e é a ela que responde:

— Disse que queria me ver, senhora.

A mãe tenta lembrar-se:

— Quem é o senhor?... Não me lembro...

— Não se lembra... É sobre a sua filha...

O irmão mais velho ri da piada.

A mãe pergunta:

— O que houve com minha filha?

O chinês não baixa os olhos. Sorri para a mãe. Ele demonstra nesse dia uma insolência feliz, a segurança por estar ali, naquela casa de brancos, por mais pobres que sejam, o interesse demonstrado pela mãe, a forma como ela sorri para ele, como o olha. Ele responde:

— Pensei que já sabia, nós nos tornamos amantes.

Silêncio. A mãe está espantada, mas não muito.

— Há quanto tempo...

— Há dois meses. Já sabia, não é?

Ela olha para o filho e diz:

— Sim e não... veja... no ponto em que cheguei...

O irmão mais velho:

— Todos sabem. O que é que quer?

— Eu não quero nada. Foi a senhora... mandou uma carta para o meu pai. Disse que queria me ver.

Ela olha para o filho, interroga-o com o olhar. O irmão mais velho diz:

— Fui eu quem escrevi. Foi uma carta muito clara. Seu pai não lhe disse o que queremos?

O chinês ignora o filho. Dirige-se à mãe:

— Meu pai não quer o filho casado com a sua filha, senhora. Mas está pronto a dar-lhe o dinheiro necessário para liquidar as suas dívidas e deixar a Indochina.

O irmão mais velho diz:

— É porque ela perdeu a honra que seu pai não quer o casamento?

O chinês olha o irmão em silêncio e diz sorrindo:

— Não é só isso. É também porque não é chinesa.

A mãe diz:

— E porque é pobre...

O chinês sorri, como num jogo:

— Sim, e um pouco jovem também... um pouco jovem demais... mas isso não é tão grave. Na China, os chineses também gostam das moças bem jovens.

Silêncio. Depois o chinês diz por que veio:

— Senhora, meu pai me disse que está pronto a pagar uma certa quantia para tentar reparar o erro a que submeti a sua família.

O irmão mais velho:

— Quanto?

O chinês faz que não ouviu.

A mãe está no limite, começa repentinamente a gemer. O chinês lhe sorri. A mãe diz:

— Mas cavalheiro... dizê-lo assim, como quer que eu consiga. Como é que quer calcular uma tal coisa... a desonra...?

— Não deve calcular dessa maneira, senhora. Deve dizer a quantia que a deixaria feliz.

A mãe ri, o chinês também. Ela ri alto e diz:

— Tudo, cavalheiro. Olhe para mim... tenho um ar de coisa nenhuma... e tenho tantas dívidas quanto um chefe de Estado.

Eles riem juntos com uma evidente simpatia mútua. O irmão mais velho está só.

O chinês diz:

— Senhora, evidentemente eu jamais poderia lhe dar o equivalente ao que receberia se sua filha se tornasse a minha mulher...

— Quanto teria sido... diga-o assim, senhor, por acaso...

— Não sei muito bem, senhora. Teria sido bastante. Entre os imóveis, o ouro, os valores bancários... Mas ao menos posso ajudá-la — ele ri —, desculpe-me.

A mãe está assustada com o chinês.

— Mas como, cavalheiro? Como fazer...?

O chinês diz sorrindo:

— Posso mentir. Roubar o meu pai.

O irmão, de longe, com a voz quase baixa, insulta.

— Safado... (para a mãe) Não se deixe enrolar por esse safado... Não vê que ele está se lixando para você...?

Nem a mãe nem o chinês dão atenção ao filho mais velho. A mãe está inteiramente mergulhada na descoberta do chinês, do amante da sua filhinha. É então que ela esquece as suas dificuldades, suas desgraças, e põe-se a sorrir para ele, a distrair-se com outra coisa que não o seu destino, para descobrir o outro lado da sua história, a existência desse chinês, daquele seu ar zombeteiro e suave. Aquela visita a encanta. A vida a encanta. Ela diz, como num salão elegante:

— Cavalheiro... seu pai não tem outro herdeiro além do senhor?...

— Sim. Mas eu sou o filho mais velho da primeira mulher de meu pai. A lei chinesa manda que eu seja o único herdeiro da fortuna para evitar a dilapidação da herança.

A mãe tenta lembrar-se, interessada pela lei:

— Ah sim, eu soube disso... sim, antes, sim, sim... É verdade o que está dizendo... Não se pode... mudar a lei... convencer o seu pai de que...

O chinês ri de coração aberto.

— Isso... só a ideia me faz rir, senhora, desculpe-me...

— Os velhos chineses são terríveis, não é mesmo?

O chinês sorri, diz que são realmente terríveis, mas também muito generosos algumas vezes...

A mãe poderia ouvir aquele chinês por muito tempo ainda. Ele diz:

— Eu poderia talvez matá-lo, mas convencê-lo a trair a lei, não... Mas conte comigo, senhora, de qualquer maneira vou ajudá-la.

Olham-se e sorriem mutuamente. O irmão mais velho parece desencorajado. O chinês aproxima-se da mãe, sorri para ela. Fala com ela, e isso diante das outras pessoas que não conhece. Ela escuta apaixonadamente, como a sua filha, olha como ela também, profundamente.

O chinês diz:

— Não roubarei o meu pai, senhora, nem mentirei para ele. Não o matarei. Eu lhe disse essas coisas porque queria conhecê-la... por causa dela, a sua filha. A verdade é que meu pai nutre simpatia para com a senhora e fará com que receba o dinheiro por meu intermediário. Tenho uma carta dele prometendo-me isso. No caso da quantia não ser suficiente, eu chegarei ao que lhe dizia... sorriso da mãe... mas para meu pai, de forma alguma esta será uma questão de dinheiro, mas de tempo, de banco... de moral... compreende...

A mãe diz que quanto a isso está totalmente tranquila.

Ele para de falar. Olham-se emocionados. Ela vê por trás daquele sorriso, preso a ele, o desespero apenas esboçado no herdeiro de Sadec.

— Se me casasse com a sua filha, meu pai me deserdaria, e então seria a senhora quem não gostaria que a sua filha se casasse com um homem pobre e chinês.

A mãe ri.

— Pois é verdade... cavalheiro... também isso... é a vida... contraditória...

Riem juntos da vida.

Cortando o silêncio que se segue, a mãe diz baixinho:

— Gosta tanto assim dessa criança?...

Não espera a resposta. Nos lábios, nos olhos do chinês ela percebe o desespero, o medo. E diz baixinho:

— Desculpe-me...

A mãe começa a esquecer a história do dinheiro. É nesse interesse da mãe por tudo o que acontece em toda parte na sua própria existência — e também numa outra — que o chinês é levado de volta à criança. É mais precisamente na maneira de ouvir da mãe que ele reencontra, como um eco, a curiosidade da sua criança.

A mãe diz delicadamente:

— Fala bem o francês, cavalheiro.

— Obrigado. E a senhora, se me permite... está sendo... encantadora comigo...

O irmão mais velho grita:

— Agora chega... Mandaremos dizer pela puta da minha irmã quanto é que queremos.

O chinês faz exatamente como se o irmão mais velho não existisse. Torna-se repentinamente terrível, em calma e suavidade.

A mãe também, sem tê-lo decidido, *fica ali*, com o chinês.

Ela pergunta:

— Minha filha sabe de tudo isso?

— Sim. Mas ainda não sabe que vim visitá-la.

— E... o que acha que diria se soubesse...

— Não sei, senhora...

O chinês sorri e diz:

— Primeiro ficaria furiosa... talvez... e depois, de repente, não se importaria... desde que a senhora conseguisse o dinheiro — ele sorri. — Sua filha é como uma rainha, senhora.

A mãe está iluminada, feliz. Ela diz:

— É verdade o que acabou de dizer, cavalheiro.

Ele vai embora.

Na *garçonnière*.

É noite.

O chinês voltou de Sadec.

A criança está deitada, mas não dorme.

Olham-se sem se falar. O chinês senta-se na poltrona, não vai para perto dela. Diz: bebi *choum*, estou bêbado.

Ele chora.

Levanta-se, vai na direção dele, despe-o, leva-o até a piscina. Ele deixa-se levar. Banha-o com água de chuva. Acaricia-o, beija-o, fala com ele. Ele chora de olhos fechados, sozinho.

Na rua o céu clareia, a noite caminha para o dia. Mas no quarto ainda está muito escuro.

Ele diz:

— Antes de você eu não conhecia o sofrimento... Achava que sabia, mas não sabia nada.

Ele repete: nada.

Ela toca levemente o seu corpo com a toalha. E diz bem baixo, para si mesma:

— Assim sentirá menos calor... o ideal seria não se enxugar de todo...

Ele chora bem baixinho, sem querer. Ao fazê-lo ele magoa a criança com muito amor.

— Uma pequena branca de quatro vinténs encontrada na rua... é isso... eu devia ter desconfiado.

Cala-se, depois olha para ela e recomeça:

— Uma putinha, uma porcariazinha...

Ela vira-se para rir. Ele vê e ri com ela.

Ela o ensaboa. Banha. Ele deixa-se levar. Os papéis se inverteram.

Ela gosta de fazer isso. Aqui, ela o protege. Leva-o para a cama, ele não sabe nada, não diz nada, faz o que ela quer. Agrada-o estar entregue a ela. Ela o faz deitar-se ao seu lado. Coloca-se sob o corpo dele, cobre-se com ele. Fica ali, imóvel, feliz. Ele diz:

— Não consigo mais possuí-la. Pensei que ainda conseguisse, mas não consigo mais.

Depois ele cochila. Mais tarde recomeça a falar. Diz:

— Estou morto. Estou desesperado. Talvez nunca mais eu faça amor. Talvez não consiga nunca mais.

Ela o olha bem de perto. Deseja-o intensamente. Sorri:

— Você gostaria de não fazer mais amor?

— Neste momento sim, eu gostaria... para preservar todo o amor para você mesmo após a sua partida, e para sempre.

Ela toma o seu rosto nas mãos e aperta-o. Ele chora. O rosto treme algumas vezes, os olhos se fecham e a boca se crispa. Não olha para ela, que diz suavemente:

— Você me esqueceu.

— É da dor que gosto. Não é de você. É o meu corpo que não quer saber de quem vai partir.

— Sim. Quando fala eu compreendo tudo.

Ele abre os olhos. Olha o rosto da criança. Depois olha o seu corpo. E diz:

— Não tem nem mesmo seios...

Segura a mão da criança e coloca-a sobre o seu próprio sexo.

— Faça-o você mesma. Por mim. Para que eu leia o seu pensamento.

Ela o faz. Olham-se enquanto ela o faz. Ele a chama minha pequena, minha criança, depois, numa torrente de palavras, diz coisas em chinês, de raiva e de desespero.

Ela o chama. Coloca a sua boca sobre a dele e o chama: seu chinesinho de meia-tigela, pivete criminoso...

Afastam-se um do outro. Olham-se. Ele diz:

— É verdade, mesmo o meu pai eu tenho vontade de matar algumas vezes.

Diz também:

— Nada mais vai me acontecer na vida depois deste amor por você.

Estão imóveis na cama, abraçados, apesar de separados um do outro pelos olhos fechados dele, o seu silêncio.

Ela sai da cama. Anda pela *garçonnière*. Vai para longe dele, encosta-se à segunda porta, aquela "para fugir", esconde-se dele. Está com medo. Para. Não olha, está novamente com aquela espécie de medo que começou há alguns dias e que não consegue superar. De ser morta por *aquele desconhecido* da viagem a Long-Hai.

Fala com ele enquanto anda, e diz:

— Você não deve lamentar. Lembra-se que me disse que eu sempre partiria de qualquer lugar, que nunca seria fiel a ninguém.

Ele diz que até isso já não lhe importa agora. Está tudo superado — diz ele. A palavra agrada à criança, mas ela não compreende muito bem o que ele quer dizer com aquela expressão. Superado o quê? Ela pergunta. Ele diz que também não sabe mais o quê. Mas que diz assim mesmo porque é a palavra certa.

Ela ficara ali, olhando-o, chamando-o, falando com ele. Depois adormecera ao pé da porta. Então ele esqueceu todo o horror da sua vida "feliz", buscou-a na outra porta, jogou-a na cama e juntou-se a ela e falou, falou, em chinês, e ela dormia, e ele no final adormeceu também.

O rio. Longe. Seus meandros por entre os arrozais. Ele toma o lugar dos amantes.

Acima do rio, a noite relativa. O céu branco pela aparição do dia.

Estão dormindo.

Uma vez, durante o sono, naquela noite, ela chamara pelo nome do irmãozinho. O chinês pôde ouvir. Ao acordar contou para ela, que não respondeu. Voltara para junto da porta. E adormecera.

Estão dormindo. Novamente ela chama o irmãozinho abandonado.

O chinês acorda.

Sentada junto à outra porta, encostada a ela, a criança olha para ele. Está nua. Custa a reconhecê-lo. Olha-o com todas as suas forças. Ela diz:

— O dia vai clarear. Vou no seu carro para Sadec visitar a minha mãe. Estou com saudades de Paulo.

Ele não ouviu. Ela continua a falar:

— Sou da mesma opinião de seu pai. Não quero ficar com você. Quero partir, reencontrar meu irmãozinho.

Ele ouviu. Responde do fundo do seu sono.

— Pode dizer o que quiser, não me importo nem um pouco — ele completa —, mentir não serve para nada.

Ele não se mexe. Ela continua longe dele. Ele acorda.

Olham-se. Ela sai da porta, vai para perto da fonte. Levanta-se, vai deitar-se sob o jato d'água na piscina.

Fala com ele, diz que o ama para toda a vida. Acha que o amará para toda a vida. Que com ele será a mesma coisa. Que se perderam ambos para sempre.

Ele não responde. Como se não tivesse ouvido.

Então ela canta em vietnamita. Aí ele ri... ri... e ela então também ri.

Ele apanhou o seu velho estojo de ópio. Voltou para a cama. Está fumando. Está calmo. Ela continua deitada no chão, os olhos agora fechados, deitada na piscina. É ele quem, pela primeira vez, fala de sua história comum.

Ele diz:

— É verdade... foi na balsa... que pensei isso de você. Disse para mim mesmo que nunca ficaria com homem nenhum.

— Nunca... nenhum...?

— Nunca.

Silêncio.

— Por que pensou isso...

— Porque desde que olhou para mim eu a desejei.

Ela está de olhos fechados. Ele não sabe se é verdade que está dormindo. Olha para ela. Não, não está dormindo: abriu os olhos. Ele está fumando ópio diante dela, pela primeira vez. Ela diz:

— É a primeira vez que fuma na minha frente.

— É quando estou infeliz. Com o ópio consigo suportar tudo. Todos fumam aqui, até mesmo os carregadores.

— As mulheres também, eu sei disso.

— Nos ambientes ricos sim... minha mãe fumava. Nós sabemos fumar. Faz parte de nossa civilização. Os brancos não sabem nada sobre isso, vê-los fumando ópio nos faz rir... e como ficam imbecilizados depois...

Ele ri.

Silêncio.

Ambos riem.

A criança olha para ele. Reencontra o "desconhecido da balsa".

— É como se tivesse uma profissão de não fazer nada: ter mulheres, fumar ópio. Ir aos clubes, à piscina... a Paris... a Nova York, à Flórida...

— Não fazer nada é uma profissão. É muito difícil.

— Talvez seja a mais difícil delas...

— Talvez.

Ela se aproxima dele, que acaricia os seus cabelos, olha-a, descobre mais coisas nela. Ele pergunta:

— Não conheceu o seu pai?

— Tenho duas imagens dele. Uma em Hanói, uma em Phnom-Penh. Fora isso, nada. Do dia de sua morte, sim, eu me lembro. Minha mãe que chorava, gritava... Diga-me mais uma coisa... para ser rico, para não fazer nada e aguentar isso... é preciso dinheiro e o que mais...

— Ser um chinês — sorri —, jogar cartas também. Jogo muito. Quando o motorista diz que saí, isso quer dizer que estou jogando, muitas vezes com os malandros à beira dos rios, à noite. Sem o jogo não dá para aguentar.

Ela volta para junto dele. Está na poltrona de vime perto da piscina.

— No primeiro dia achei que você era... não um ricaço, não, um homem rico, e também um homem que fazia amor sempre e que tinha medo. De quê, eu não sabia. E ainda não sei. Não sei muito bem dizer isso... medo ao mesmo tempo da morte... e medo de viver também, de viver uma vida que um dia vai morrer, de saber isso o tempo todo... Medo também de talvez não amar... de nunca esquecer que... não sei dizer isso...

— Não quer dizer...

— É verdade, não quero.

Silêncio.

— Ninguém sabe dizer isso.

— É verdade.

— Pelo que diz, eu não sei que tenho esse medo?

Silêncio. A criança reflete.

— Não, não sabe até que ponto tem medo...

Silêncio. Ela olha para ele como se tivesse acabado de conhecê-lo. E diz:

— Quero lembrar-me de você inteiro, sempre — continua —, de você que não sabe nada sobre você mesmo... quando era pequeno ficou doente e nem sabe disso...

Olha para ele, toma o seu rosto nas mãos, olha, fecha os olhos e continua olhando.

Ele diz:

— Estou vendo os seus olhos por trás das minhas pálpebras.

— Sei um pouco o que está dizendo de mim. Como sabe?

— Por meu irmãozinho... nas suas costas pode-se ver uma longa trilha parecida à sua... um pouco curva... no desenho da coluna vertebral, sob a pele.

— Minha mãe disse: é o raquitismo. Levou-me para ver um grande médico em Tóquio.

Ela se aproxima dele, inclina-se, beija-lhe a mão.

— Eu preferiria que não me amasse.

— Eu não a amo. (Tempo.) É isso que quer?

Ela sorri, repentinamente estremece, entra no jogo e pergunta:

— Estaria imaginando... nesse caso...

— Talvez.

— É terrível ouvir... as palavras, reconhecer a voz que está dizendo isso...

Ele a toma nos braços, beija-a mais e mais. E diz:

— E é o que quer.

— Sim.

O chinês diz:

— Procure saber mais por que tenho medo...

— Não seria imaginação sua... da mesma forma como o amor que sente por mim?

— Talvez.

— De outro modo... se for tudo dado, é como a morte?...

Ela não responde. Ele prossegue.

— Está querendo dizer que ser como eu... viver como eu... é a mesma coisa que a morte?...

Ela exclama baixinho:

— Esta conversa... afinal é muito aborrecida...

Silêncio. Ele insiste:

— Gostaria de fazer-lhe uma última pergunta.

Ela não quer. Diz que não sabe responder às pessoas, e pergunta:

— Nunca dormiu com outra branca além de mim?

— Em Paris sim, é claro. Aqui, não.

— É impossível ter brancas aqui?

— Completamente impossível. Mas existem as prostitutas francesas.

— É caro?

— Muito caro.

— Quanto?

Olhar do chinês sobre ela. Ela ri muito ao vê-lo.

Subitamente ele mente. Diz:

— Já não sei mais. Mil piastras?

Riem juntos.

— Eu gostaria que me dissesse uma única vez: "Vim à sua casa por dinheiro."

Lentidão. Ela busca o porquê. Não pode mentir. Não pode dizê-lo. Diz:

— Não. Isso vem depois. Mas na balsa não era o dinheiro. Absolutamente. De tal forma que era como se ele não existisse.

Ele "revê" a balsa e diz:

— Diga-o como se fosse verdade.

Ela faz o que ele quer:

— Na balsa eu o vi como se estivesse recoberto de ouro, num carro preto e dourado, com sapatos também de ouro. Acho que foi por isso que o desejei tanto e tão rapidamente, na balsa, mas não apenas por isso, sei bem. Talvez fosse mesmo o ouro que eu desejasse, mesmo sem sabê-lo.

O chinês ri e diz:

— O ouro também era parte de mim...

— Não sei. Não ligue para o que digo. Não estou acostumada a falar assim.

— De qualquer maneira presto atenção. Mas não ao que diz. A você, à maneira como fala.

Ela toma-lhe a mão, olha-a, beija-a, e diz:

— Para mim eram as suas mãos... — controla-se — era o que eu pensava. Podia vê-las levantando o meu vestido, despindo-me diante de você que me olhava.

Silêncio. Ele sabia. Sabe. Olha para outro lado. Sorri. O jogo subitamente torna-se violento. Ele grita como se batesse nela:

— Quer o anel?

A criança grita. Chora. Grita. Não apanha o anel.

Um longo silêncio.

Então o chinês soube que ela desejara o anel para oferecê-lo à sua mãe, tanto quanto desejara a sua mão sobre o seu corpo, que apenas agora, com a pergunta sobre o anel, ela dera-se conta disso. Ele diz:

— Esqueça.

— Já esqueci. Eu nunca ia querer uma coisa assim, um diamante. Quando se é pobre, nunca se consegue vender um diamante. O simples fato de sermos vistos com um desperta a suspeita de que tenha sido roubado.

— Quem suspeita?

— Os negociantes de diamantes chineses, e de outras raças também. Mas sobretudo os chineses. Minha mãe conheceu uma jovem mulher pobre a quem um homem oferecera um diamante, e durante dois anos ela tentara vendê-lo, sem conseguir. Então ela devolveu o diamante ao homem que o oferecera e ele lhe deu dinheiro em troca, mas muito pouco. É a mesma coisa, o homem achava que o diamante que ela estava devolvendo não era mais o mesmo que ele lhe dera, que o diamante novo não valia nada e que ela o roubara de outro homem. Minha mãe disse que eu nunca aceitasse um diamante, apenas dinheiro. Ele diz:

— E você tem aparência de pobre?

Silêncio. Ela pergunta:

— Um anel como este custa caro?

— Muito caro.

— Muitíssimo caro ou muito caro?

— Não sei.

Olham ambos para o anel estrangeiro. Então o chinês diz:

— Talvez valha dezenas de milhares de piastras... O que sei é que o diamante pertencia à minha mãe. Estava incluído no seu dote de casamento. Meu pai mandou montá-lo para mim num grande joalheiro de Paris depois de sua morte. O joalheiro veio buscar o diamante na Manchúria. E voltou à Manchúria para entregar o anel.

Ela disse:

— Imagine só.

Ele não diz nada, deixa-a. Ele a ama. Subitamente ela ri, alto. E diz:

— Realmente não se pode mandar pelo correio, num pequeno embrulho, um diamante...

Ela ri. Dá uma gargalhada. Diz que pode ver o diamante sozinho dentro de um enorme caminhão blindado. Diz que um diamante é intransportável, que mesmo "enorme" é muito pequeno — e ri —, no máximo uma ervilha.

Ele sempre fica feliz quando ela está rindo. Risonha como eu na idade dela, dissera a mãe.

— Sei que o diamante não foi a primeira coisa que viu — disse ele.

— Sim, eu o vi, mas separado de você. Não poderia deixar de vê-lo. De qualquer maneira eu sabia que se tratava de um diamante. Eu o cheirei, achava que era perfumado como você... incenso, tussor, água-de-colônia. Não pensei nele para mim, quero dizer, para usá-lo. Acho que já nascemos pobres. Mesmo que eu fique rica um dia, continuarei com a mentalidade suja de pobre, um corpo, um rosto de pobre, terei esta aparência por toda a vida. Como minha mãe. Tem um aspecto de pobre mas, de um certo ponto de vista, ela é incrível.

Ele não concorda. Acha que ela tem um ar de camponesa — é bonita como uma bela camponesa.

A criança olha-o com profundidade e diz:

— Mas você tem aparência de rico. A sua noiva tem aparência de quê?

— De nada de especial. De rica. Como eu.

A criança segura a mão que usa o diamante. Olha o anel, o diamante. Baixa os olhos. Ele olha para ela e diz:

— Repita o que me disse hoje cedo.

Ela repete:

— Desejei você assim que o vi... muito rápido e muito forte... é verdade.

— Tanto quanto ao seu irmãozinho...

Ela refletiu e disse:

— Como dizer isso... meu irmãozinho é também a minha criança...

— Seu irmãozinho nunca a possuiu?

— Não. Era eu quem o tomava em minhas mãos.

Permanecem abraçados. Ele diz baixinho que já ama também o irmãozinho.

Eles acendem as varinhas de incenso. Cantam. Conversam. A criança acaricia o corpo do seu amante e diz:

— Você também tem pele de chuva.

— Seu irmãozinho também.

— Sim, também, somos três com pele de chuva.

As noites tornam-se extenuantes. O calor aumenta a cada dia. As pessoas vão dormir às margens dos arroios. Ao longe pode-se ver os cais da Companhia de Navegação. Também eles vão até lá. O chinês algumas vezes dirige o carro. Nessas ocasiões o motorista e a criança sentem medo.

O chinês mantém a criança abraçada a ele, sempre, em toda parte. Ele diz:

— Também a amo como minha criança, da mesma forma.

A *garçonnière*.

A criança anuncia ao chinês que o repatriamento do irmão mais velho pedido pela mãe finalmente foi confirmado.

— Para quando?

— Para breve. Não tenho mais nenhuma informação precisa.

— Eu sabia por meu pai que seu irmão estava na lista das próximas partidas.

— Seu pai sabe tudo...

— Sim. Sabe também tudo o que diz respeito a você.

— Tudo, realmente?...

— Sim.

— Como é que ele faz?...

— Ele paga, compra. Mesmo quando não deve nada, distribui piastras... é cômico.

— É asqueroso... no fim das contas...

— Certamente. Eu não me importo... Mesmo quando não é preciso... ele solta as piastras... está no sangue...

Ela chora. Ele toma-lhe o rosto nas mãos. Ela treme e diz:

— Eu me entreguei a você por dinheiro, mesmo que eu não saiba disso.

Ele aperta-a ainda mais contra si. O medo que ela sente dele aumentou mais.

— Tenho uma coisa para lhe dizer... — diz ele. — É um pouco difícil... vou dar-lhe dinheiro para que entregue à sua mãe. Da parte de meu pai. Ela já sabe.

A criança parece não ter ouvido. Depois se solta violentamente — ela não sabe nada sobre a visita que o chinês fez à sua mãe.

— É impossível, minha mãe nem sabe que você existe — ela diz.

Retomam o tratamento cerimonioso, muito brutal. Ele não responde.

Subitamente ela duvida, com lágrimas nos olhos. Olha-o como para um criminoso e diz:

— Tomou informações sobre a minha família.

O chinês resiste à criança e diz:

— Sim. Fui ver a sua mãe em Sadec a pedido de meu pai. Para falar com ela. Saber sobre a pobreza da sua família.

Tem um ar muito sofrido e cheio de amor por ela. Ele diz:

— Realmente vocês não têm mais nada. A única coisa que faltava vender era você. Mas não queremos comprá-la. Seu irmão mais velho havia escrito ao meu pai. Sua mãe queria me ver. Meu pai me pediu que fosse, e eu fui.

A criança ergue-se. Afasta-se mais ainda dele: ele se tornara aquele que viu a sua mãe num estado miserável, na obscenidade da desgraça. Ela diz:

— Como pode ter ousado...

O chinês mostra-se prudente, muito suave:

— Ela sabe tudo desde o começo de nossa história. Primeiro ela tinha horror à ideia de casar a sua filha com um chinês. Depois desejou esse casamento. Conversamos longamente. O que eu queria é que ela não esperasse mais esse casamento. Absolutamente. Que esquecesse essa ideia para sempre. Lembrei-lhe a lei chinesa. Falei-lhe de meu pai, que preferia a minha morte a ver-me trair a lei.

A criança está chorando. Diz — retomando o tom de intimidade:

— Eu poderia ter-lhe dito que era eu quem não queria me casar com você... nunca... por preço algum, que eu não me importava a mínima com casamento... com tudo isso... ela se sentiria menos humilhada.

— Posso lhe jurar que ela não se sentiu humilhada. Chegamos até a rir juntos...

— De quê?

— Da lei chinesa. E de meu pai.

— Minha mãe gosta de rir... isso lhe ficou...

— Sim. Eu lhe disse que sabia por meu pai da partida de seu filho. Perguntei-lhe de quanto precisava para essa partida. Ela me disse: 250 piastras.

O chinês e a criança riram. Depois a criança chora ao mesmo tempo que sorri. E depois o chinês para de rir, olha a criança e diz:

— Sua mãe provoca a vontade de amar você, de amar a sua criança.

A criança fala repentinamente como um adulto:

— É preciso dar-lhe muito... Há despesas nos navios para que se possa viajar em boas condições... A viagem está paga mas isso não é tudo... há as roupas para o inverno... o pensionato, a matrícula na escola de eletricidade, o curso Violet.

Ele vai buscar o seu paletó perto do chuveiro, apanha um envelope num dos bolsos e diz:

— Quanto precisa para agora? Eu só trouxe quinhentas piastras.

— Quinhentas piastras agora... certo... por que não?

Coloca o envelope sobre a mesa.

Ela se despe. Tira o vestido num único gesto, pela cabeça. Ele não pode ver aquele gesto sem se emocionar. Diz:

— O que está fazendo?

Ela diz que vai tomar um outro banho de chuveiro. Diz que finalmente está contente por sua mãe. Que entregará o envelope a Thanh para que ele o esconda, num lugar que só ele saiba onde é. Diz que não pode entregá-lo diretamente à mãe porque todo o dinheiro seria roubado pelo irmão mais velho logo depois. E a mãe ficaria infeliz.

O chinês diz:

— Roubado pelo filho ou ela o entregaria a ele?

— É isso. É a mesma coisa.

— Thanh vai guardar o dinheiro, jure para mim...

— Eu juro.

A criança tomou o seu banho de chuveiro. Volta a vestir-se. Diz que vai voltar para o pensionato.

— Por quê?

— Quero ficar sozinha.

— Não. Fique comigo. Vamos até os bares ao longo dos arroios, beberemos choum, comeremos nem nuongs. Há ótimos por ali, as próprias mulheres os preparam e o choum vem do campo.

— Depois poderei voltar para o pensionato?

— Não.

Ela ri e diz:

— Mas voltarei assim mesmo. Depois.

Ele ri com ela. Ninguém pode resistir aos pequenos bares à margem dos arroios, ao *choum* e aos *nems* do campo. Nem ao porto, à noite.

Eles seguem até mais perto da Companhia de transporte do porto de embarque marítimo. Ele puxou-a para si no banco do carro. Tenta beijá-la. Ela resiste, depois se deixa beijar.

Ele está mergulhado no amor da criança magra, quase sem seios, imprevisível, cruel.

Param diante de um navio prestes a partir.

Há um baile ao ar livre na plataforma dianteira dessa embarcação.

As mulheres brancas dançam com os oficiais. Não usam maquiagem. Seriam mulheres sofridas, recatadas.

Os dançarinos não conversam entre si — como se estivessem proibidos por um regulamento. Sobretudo as mulheres estão sérias, são profissionais da dança, sorriem como religiosas, num contentamento generalizado. Vestem vestidos claros, discretamente floridos. A criança olha aquilo com um certo fascínio. Quando alcançam aquele lado do porto, ela se solta do chinês e olha do cais o baile exangue.

O chinês resiste àquele desvio do passeio. Mas acaba sempre indo para onde a criança quer.

A criança ignorara por muito tempo, tanto quanto o chinês, o porquê daquele fascínio. Até que um dia lembrara-se: ela reconhecera a imagem intacta do baile exangue e mudo dos casais do cais como já integrada num livro que ainda não abordara, mas que estivera prestes a fazê-lo a cada manhã, a cada dia de sua vida, e isso durante anos e anos, pedindo para ser escrito — até aquele momento da memória clara uma vez alcançada na floresta do escrito por vir.[8]

Atravessam toda a extensão da cidade insone, prostrada pelo calor da noite. Não há vento algum.

Ela está dormindo. O chinês escuta o motorista cantar um hino da Manchúria, doce e selvagem, gritante e murmurado.

Ele a leva para a cama.

Apaga a luz.

Fuma ópio na penumbra do quarto.

A música chega até lá como todas as noites, cantos chineses, distantes. Depois, tarde da noite, muito baixo, chegam os trens de Duke Ellington que atravessam a rua, as portas dos quartos. Mais tarde ainda, mais baixo e mais solitária, aquela Valsa Desesperada do início da história de amor.

---

[8] Trata-se de *Emily L.*

O CINEMA ÉDEN DE SAIGON.

O motorista diante do liceu.

Ele espera até o fechamento das portas.

A criança não vem.

Ele vai embora. Desce a rua Catinat.

Vê a criança com um jovem branco que deve ser o seu irmão e um jovem indígena muito bonito, vestido como o irmão. Os três estão saindo do Cinema Éden.

O motorista volta para Cholen para avisar o seu patrão.

O chinês está esperando na *garçonnière*.

O motorista conta sobre o Cinema Éden.

O chinês diz-lhe que a criança vai frequentemente ao cinema, que lhe dissera, que os dois jovens que estão com ela são Thanh, o motorista de sua mãe, e seu irmão menor, Paulo.

Vão ao seu encontro.

A criança sai do cinema com Thanh e o seu irmãozinho. Vai direto para o carro preto, com muita naturalidade. Sorri para o chinês e diz:

— Minha família chegou de Vinh-Long... fui ao cinema com Thanh e Paulo. Eu lhes disse que você os convidaria ao restaurante de Cholen.

Ela ri. Ele por sua vez também ri. O medo desaparece. O irmãozinho e Thanh dizem bom-dia ao chinês. O irmãozinho não parece reconhecer o chinês, mas também diz bom-dia. Olha para aquele chinês como uma criança olharia. Não consegue compreender por que o chinês olha tanto para ele. Não se lembra de já tê-lo visto nas ruas de Sadec. Thanh sim, o reconheceu.

A criança diz acreditar não ter gostado do filme, *O anjo azul*, mas não tem certeza disso ainda.

Diz também que a mãe e o irmão mais velho estão chegando no B12.[9]

O chinês fica emocionado ao rever aquela mulher ao lado da sua criança.

O irmãozinho, o irmão mais velho e a mãe sobem no B12.

O chinês diz sorridente:

---

[9] O B12 não é a "ruína" de *Barragem contra o Pacífico*. Certo, aqui ele está desancado, mas não faz muito barulho, não chega a enfumaçar as ruas dos postos, não é um objeto de curiosidade.

— Quando eles estão aqui você não me ama.

Ela lhe segura a mão e a beija. Diz:

— Não posso saber. Quis que você os visse ao menos uma vez na sua vida. Talvez seja mesmo verdade que a presença deles me impeça de vê-lo.

No restaurante chinês.

Este é o restaurante onde a criança e o chinês foram na primeira noite da história deles. O lugar sem música. O ruído da sala central não é ensurdecedor.

Chega o garçom, pergunta se desejam um aperitivo.

O pedido é feito. Três Martel Perrier e uma garrafa de aguardente de arroz.

Não têm nada para dizer uns aos outros. Ninguém fala nada. É o silêncio. Ninguém se espanta, ninguém está constrangido.

As bebidas chegam. Silêncio geral. Ninguém se ocupa, nem eles nem a criança. É assim mesmo.

De repente, ao contrário, é uma alegria de viver, de brincar disso: viver.

O irmão mais velho pede um segundo Martel Perrier. A mãe não toca no seu, entrega-o ao filho mais velho. Ninguém se espanta com a manobra materna.

Pedido geral dos pratos. Pato laqueado. Sopas chinesas com barbatanas de tubarão, panquecas com massa de camarão. Os únicos critérios da família são os pratos "recomendados pela casa". Os mais caros, é claro.

A mãe lê o cardápio e exclama baixinho: "Oh lá lá, como é caro!" Ninguém responde.

Depois, educada, convencional, faz uma tentativa de falar com o chinês:

— Parece que fez os seus estudos em Paris, cavalheiro.

A mãe e o chinês sorriem com um ar de zombaria. Dir-se-ia que se conhecem bem. O chinês usa o mesmo tom da mãe para responder:

— Isto é... para não dizer que não, senhora...

— Como nós, então — disse o irmão mais velho.

Silêncio.

O irmão mais velho ri. Paulo e Thanh também.

O chinês, dirigindo-se ao irmão mais velho:

— Você também não faz nada?

— Sim: a desgraça da minha família, já não é pouca coisa.

O chinês ri com naturalidade. Todos riem, a mãe também, feliz em ter um filho tão "espirituoso". E Paulo e Thanh também.

O chinês pergunta:

— É difícil...?

— Digamos que não é para qualquer um...

O chinês insiste:

— O que é preciso em primeiro lugar para isso?

— A maldade. Mas veja bem, muito pura... um verdadeiro diamante...

Ninguém ri, salvo o chinês e a mãe.

A criança olha para eles, a mãe e o amante, os recém-chegados de sua própria história.

O irmão mais velho diz bem alto para a mãe:

— O cara não é nada mau, sabe se defender.

Chegam os pratos, cada um se serve. O chinês oferece-se para servir a mãe.

Todos comem em silêncio. Comem "exageradamente". Comem "da mesma maneira", os quatro, até mesmo a criança.

O chinês vê o olhar da criança sobre eles, os membros daquela família, olhar de amor e de alegria sobre eles finalmente fora de casa, da casa de Sadec, do posto, finalmente soltos nas ruas, expostos a todos os olhares, regalando-se com as lichias em calda.

A mãe sorri para a vida. Está falando. Ela diz:

— Dá prazer vê-los comer.

A mãe fala "por falar". Para não dizer nada. Feliz. Diz qualquer coisa. Ambas são faladeiras, infinitamente. Extasiado, o chinês olha para ela e para a criança, ela e a semelhança com a criança. A mãe diz:

— Este restaurante é bom. Deveríamos anotar o endereço.

Ninguém ri. Nem o chinês. Nem Thanh. Nem o irmão mais velho.

O chinês apanha uma caneta, escreve o endereço num cardápio e entrega à mãe, que diz:

— Obrigada, cavalheiro. Acho que o restaurante é muito bom, sabe, tão bom quanto os considerados como melhores da Indochina, porque não são "desonestos" à moda francesa.

Todos estão devorando. O chinês, que não estava comendo, começa ele também a devorar. Também ele pediu camarões grelhados e os está devorando. Logo os outros encomendam mais camarões grelhados e os devoram da mesma forma. No final ninguém mais faz esforço algum para falar. Ficam olhando apaixonadamente o serviço ser feito, isso os interessa. Ficam o tempo todo esperando a "continuação". Com a ajuda da aguardente de arroz, estão contentes. Bebem. Também a mãe diz que adora o *choum-choum*. Parece ter vinte anos. Quando chegam as sobremesas ela já está cochilando. As crianças comem as sobremesas, também exageradamente. O irmão mais velho desta vez está bebendo uísque, os outros não. O chinês bebe mais que o irmãozinho. A jovem bebe no copo do chinês. A mãe não sabe mais muito bem o que está bebendo, está rindo sozinha, feliz como os outros nessa noite.

No centro do mundo o chinês, que olha para a criança mergulhada numa felicidade que não foi ele, o seu amante, quem proporcionou.

Subitamente o irmão mais velho se levanta. Está com uma voz de patrão. Dirige-se a todos dizendo:

— Então, não acabou... O que vai acontecer agora?

A mãe acorda sobressaltada. O que provoca pela última vez o riso na mesa inteira, até mesmo em Thanh. Ela pergunta o que está acontecendo...

O irmão mais velho diz, rindo, que vão todos ao La Cascade.

Depressa...

A mãe diz, rindo da mesma forma que seu filho:

— É dia de festa... então... já que estamos... é verdade... vamos aproveitar a vida boa...

A criança, o chinês, Thanh, Paulo, todos ali estão contentes. Irão todos ao La Cascade.

O chinês, discretamente, num chinês "muito puro", pediu a conta. Ela é trazida num pires. O chinês apanha as notas de dez piastras e coloca oito sobre o pires. Faz-se um silêncio em torno da quantia. A mãe e o irmão mais velho se olham. Todos calculam mentalmente a quantia que o chinês deve ter pago, dedução tirada das piastras que ficaram sobre o pires. A criança sabe o que está acontecendo e começa a rir novamente. A mãe está à beira de um ataque de riso diante do valor da quantia. Ela exclama em voz baixa: "77 piastras", e o riso a sufoca, "oh lá lá", e é tomada pelo ataque inextinguível de riso das crianças.

Saem do restaurante. Caminham em direção aos carros.

A criança e o chinês estão rindo.

Ele diz a ela:

— São crianças... até mesmo o irmão mais velho.

— São as crianças mais importantes da minha vida. As mais engraçadas também. As mais loucas. As mais terríveis. Mas, assim mesmo, as que mais me fazem rir. Algumas vezes me esqueço do meu irmão mais velho, não consigo acreditar de todo no que ele é, salvo quando tenho medo de que mate Paulo. Quando ele fica a noite toda na fumaria não me importo se morrer, não fará diferença alguma para mim se ele morrer um dia.

A criança pergunta se nas famílias, quando não há o pai, as coisas são diferentes.

O chinês diz que é a mesma coisa:

— Também nas famílias com um pai, mesmo quando ele é o mais poderoso, o mais terrível, ele é também envolvido pelas maldades e zombarias de seus filhos.

Subitamente a criança para de chorar. Diz ter-se esquecido de que talvez fosse a última vez que Pierre viria a Saigon.

É o chinês quem lhe diz a data da partida do irmão, a hora, o número do cais.

A criança diz que a brutalidade do irmão para com Paulo era cada vez mais frequente, e isso sem pretexto algum. Ele dizia: basta vê-lo para que sinta vontade de matá-lo. Que não conseguia evitar bater nele, insultá-lo. Thanh dissera à mãe que se ele não partisse para a França o irmãozinho morreria de desespero ou seria morto por ele, Pierre, seu irmão. Mesmo ele, Thanh, sentia medo, e pela mãe também. Pela irmãzinha?, pergunta o chinês. Ela diz: eu, não.

Uma vez o chinês perguntara a Thanh o que ele achava, e Thanh respondera: Não, ela não, ela não corre nenhum risco.

A criança aproxima-se do chinês. Esconde o rosto entre as mãos para dizer:

— O que faz com que ainda assim o amemos é isso... É que ele não sabe que é um criminoso nato. Nunca o saberia, mesmo que um dia matasse Paulo.

Falam de Paulo. Ele acha-o muito bonito, Thanh também, diz que pareciam irmãos, Thanh e Paulo.

Ela não escuta:

— Depois do La Cascade — diz ela — iremos buscar o dinheiro. Eu voltarei com eles ao Hotel Charner. Sempre que minha mãe vem a Saigon eu durmo lá, com ela, como quando eu era pequena, e conversamos...

— Sobre o quê?

— Sobre a vida — ela sorri —, sua morte — ela sorri —, como você e a sua mãe na Manchúria depois da garota de Cantão.

— Sua mãe deve saber muitas coisas.

— Não — diz a criança —, não, é o contrário, acabou não sabendo mais nada. Ela sabe tudo. E nada. É entre o tudo e o nada que ela ainda sabe não se sabe o quê, nem ela nem nós, seus filhos. No norte da França talvez conheça ainda o nome de aldeias como Fruges, Bonnières, Doulens e também de cidades, Dunquerque, a do seu primeiro posto de professora e primeiro casamento com um inspetor de ensino primário.

La Cascade fica acima de um pequeno rio alimentado por nascentes — num parque selvagem dos arredores de Saigon. Estão todos sobre a plataforma da boate acima das nascentes, em meio ao seu frescor. Não há ninguém ainda, com exceção de duas mestiças atrás do bar, animadoras que atendem os clientes. Assim que entram clientes elas colocam os discos. Um garoto vietnamita vem anotar o pedido. Todos os funcionários estão vestidos de branco.

O chinês e a jovem estão dançando juntos.

O irmão mais velho os observa. Ele caçoa, zomba.

Volta a maldição. Está ali, no seu riso obsceno, forçado.

O chinês pergunta à criança:

— O que é que o faz rir?

— Eu estar dançando com você.

A criança e o chinês, por sua vez, começam a rir. Então tudo muda. O riso do irmão mais velho torna-se um riso falso, áspero. Ele diz, grita:

— Desculpem-me, é enervante. Não posso deixar de... vocês são tão... descombinados... não posso deixar de rir.

O chinês larga a criança. Atravessa a pista de dança. Avança na direção do irmão mais velho sentado à mesa ao lado da mãe. Chega bem perto dele. Olha-o traço por traço, como se estivesse apaixonadamente interessado.

O irmão mais velho sente medo.

Então o chinês diz muito calmamente, suavemente, sorrindo:

— Desculpe-me, eu o conheço pouco, mas você me deixa intrigado... Por que está se forçando a rir... o que está esperando...

O irmão mais velho tem medo:

— Não estou procurando nada, mas... para brigar... estou sempre pronto...

O chinês ri, tranquilo:

— ...Eu aprendi *kung fu*. Vou logo avisando antes.

Também a mãe fica assustada. Ela grita:

— Não ligue para ele, senhor, está bêbado...

O irmão mais velho sente cada vez mais medo.

— Será que não tenho o direito de rir?

O chinês ri:

— Não.

— O que é que tem esse riso que o desagrada, diga...

O chinês procura a palavra, mas não a encontra.

Diz que talvez essa palavra não exista. Depois a encontra:

— Falso, ele é falso. É esta a palavra: falso. Só você acredita que está rindo. Mas não está.

O irmãozinho levanta-se, vai até o bar e convida uma mestiça para dançar. Ele não ouve o chinês falando com Pierre.

O irmão mais velho continua de pé junto à sua cadeira, sem se aproximar do chinês. Volta a sentar-se e diz baixinho:

— Quem esse cara acha que é...

O chinês continua a dançar com a criança.

Dançam.

A dança termina.

O filho mais velho vai até o bar. Pede um Martel Perrier.

O irmão mais velho senta-se longe do chinês. O chinês senta-se perto da mãe que ainda tem medo. Ela lhe pergunta, trêmula:

— É verdade que aprendeu luta chinesa, senhor?

O chinês ri e responde:

— Oh não... absolutamente... nunca, senhora, nunca. Não pode imaginar a que ponto eu não fiz isso... muito pelo contrário, senhora...

A mãe sorri e diz:

— Obrigada, senhor, obrigada...

E completa:

— É verdade que todas as pessoas ricas na China o praticam?

O chinês não sabe. Não está mais escutando a mãe. Está olhando fixamente para o filho mais velho, fascinado. E diz:

— É curioso como o seu filho desperta o desejo de bater nele... desculpe-me...

A mãe aproxima-se do chinês, diz baixinho que sabe disso, que é uma verdadeira desgraça:

— Minha filha deve ter-lhe dito... Desculpe-o, senhor, desculpe sobretudo a mim, eduquei mal os meus filhos, sou eu a mais castigada.

A mãe. Olha para ele no bar, diz que vai levá-lo para o hotel, que está bêbado.

O chinês sorri e diz:

— Sou eu que peço desculpas, senhora... não deveria ter respondido a ele... mas de repente me foi difícil. Não vá embora por isso...

— Obrigada, senhor. Sei bem o que está dizendo, é uma criança que atrai as pancadas.

— Talvez malvado, não?

A mãe hesita, depois diz:

— Sim, talvez... mas sobretudo cruel, sabe... sobretudo isso, essa coisa tão terrível, a crueldade, esse prazer que sente em fazer o mal, é tão misterioso, e também de que maneira sabe fazê-lo, a inteligência que tem para isso: o mal.

A mãe torna-se pensativa. Ela diz:

— Em francês, chama-se isso de inteligência do diabo.

— Na China, dizemos: inteligência dos demônios, dos maus gênios — diz ele.

— Tudo isso é muito parecido, senhor.

— De acordo, senhora.

Então o chinês olha longamente para a mãe, que sente medo. Ela pergunta o que ele tem. O chinês diz:

— Eu gostaria que me dissesse a verdade, senhora, sobre a sua filhinha... Será que o seu filho bateu nela algumas vezes...?

A mãe geme baixinho, apavorada. Mas o filho mais velho não ouviu. A mãe hesita, olha longamente para o chinês, e responde:

— Não, fui eu, senhor, porque ele, eu tinha medo de que a matasse.

O chinês sorri para a mãe.

— Sob as ordens dele, do seu filho mais velho?

— ...Se desejar... mas não é tão simples assim... por amor a ele, para agradá-lo... para de tempos em tempos não desaprová-lo... sabe como é...

A mãe está chorando. De longe o filho percebeu qualquer coisa. Avança na direção deles. Para quando o chinês começa a olhar para ele. A mãe não presta atenção. Pergunta baixinho ao chinês se "a pequena" lhe falou sobre isso...

O chinês diz que não, nunca, que adivinhou naquela noite mesmo, que já desconfiava devido a uma espécie de medo infantil que nunca abandonava a criança — um tipo de temor constante, de desconfiança... de tudo, das tempestades, do escuro, dos mendigos, do mar... dos chineses — ele sorri para a mãe — de mim, de tudo.

A mãe chora baixinho. O chinês pôs-se a olhar para o filho com uma evidente objetividade, olha a beleza do rosto, o cuidado com o traje, a elegância. Ao mesmo tempo que continua olhando, ele pergunta à mãe que palavra o filho empregava. Ela diz que era a palavra "amestrar" como amestramento, mas sobretudo a palavra "perdida", que se ambos não fizessem nada, a pequena estaria perdida... que ele estava certo, que ela teria "ido" com todos os homens...

— Acreditou nisso, senhora...?

— Ainda acredito, senhor.

Ela olha para ele.

— E o senhor...?

— Senhora, eu acredito desde o primeiro dia. Quando a vi na balsa e comecei a amá-la.

Ambos sorriem em meio às lágrimas. O chinês diz:

— Mesmo perdida eu a teria amado toda a vida.

Ele pergunta também:

— Até quando duraram as surras...

— Até o dia em que Paulo nos viu, os três, meu filho e eu fechados no quarto com a pequena. Não pôde suportar. Precipitou-se sobre ele.

A mãe continua:

— Foi o maior medo de minha vida.

O chinês pergunta baixinho num suspiro:

— Tinha medo por qual de seus filhos, senhora?

A mãe olha para o chinês, levanta-se para partir, e depois volta a sentar-se.

O chinês diz:

— Peço-lhe desculpas.

A mãe se recobra e diz:

— Deveria saber, senhor, que mesmo o amor de um cachorro é sagrado. E temos esse direito, tão sagrado quanto o de viver, de não precisar prestar contas de nada a ninguém.

O chinês baixa os olhos e chora. Diz que nunca esquecerá: "mesmo um cachorro..."

A criança dança com Thanh. Fala com ele baixinho:

— Mais tarde vou entregar-lhe quinhentas piastras para a mãe. Você não as entregará a ela. Primeiro vai escondê-las, e cuidado com Pierre quando o fizer.

Thanh diz que sabe onde e como.

— Mesmo que ele me mate eu não direi nada sobre as quinhentas piastras. Desde que começou a fumar todo o tempo eu fiquei mais forte que ele.

Enquanto dança, Thanh aspira os cabelos da criança, beija-a como quando estão a sós. Ninguém está prestando atenção, nem a família, nem o chinês. O chinês olha para a criança dançando com Thanh, sem nenhum ciúme. Ele voltou para o lugar ilimitado da separação com a criança, perdido, inconsolável. A mãe vê a sua dor e lhe diz, adorável:

— Minha filha lhe faz sofrer muito, senhor.

O filho mais velho ficou ali onde estava, na lateral da pista. Ele vê que o perigo se afasta, que o chinês está distraído e diz em voz alta:

— Chinesinho imundo.

O chinês sorri para a mãe.

— Sim, senhora, ela me faz sofrer além das minhas forças.

A mãe, ébria, adorável, chora pelo chinês.

— Deve ser terrível, senhor, acredito... mas como é amável em falar-me assim de minha criança, com essa sinceridade... Poderíamos conversar durante noites inteiras, o senhor e eu, não acha...

— Sim, senhora, é verdade. Falaríamos dela e da senhora. (Tempo.) Seu filho dizia então que era para o seu bem que batia nela, e acha que ele acreditava nisso?

— Sim, senhor. Sei que é estranho mas é verdade. Isso eu posso jurar.

O chinês segura a mão da mãe e beija-a:

— É possível que também ele tenha visto que ela corria perigo...

A mãe está maravilhada e chora:

— A vida é terrível, senhor, se soubesse...

A criança e Thanh pararam de dançar. Ela diz:

— No envelope há um segundo pacote à parte com duzentas piastras para você.

Thanh está espantado:

— Dele?...

— Dele, sim. Não tente compreender.

Thanh cala-se. Depois diz:

— Eu guardarei. Para que mais tarde eu possa voltar ao Sião.

O chinês foi sentar-se numa mesa. Certamente para ficar sozinho. Ele está sozinho na cidade, tanto quanto na vida. Tem no coração o amor por esta criança que vai partir, afastar-se para sempre dele, de seu corpo. Um luto terrível toma conta do chinês. E a criança branca sabe disso.

Ela olha para ele e, pela primeira vez, descobre que a solidão sempre esteve presente entre eles, que essa solidão, chinesa, a vigiava, era como o país dele ao seu redor. Da mesma forma que era o lugar de seus corpos, de seu amor mútuo.

A criança já pressentia que aquela história talvez fosse a história de um amor.

O irmãozinho vai dançar com a jovem mestiça do bar. Também Thanh fica olhando Paulo dançar com uma graça milagrosa. Paulo nunca aprendeu a dançar. A criança diz isso a Thanh, que até então não sabia.

Apenas a mãe e o irmão mais velho estão afastados do conjunto da cena. Cada um por si olha Paulo dançar.[10]

O irmãozinho volta da dança e convida a irmã. Sempre dançaram juntos, é maravilhoso vê-los: o irmãozinho dança como se estivesse adormecido, parece nem se dar conta de que está dançando. Não olha para a irmã e a irmã não olha para ele. Dançam juntos sem saber como se dança. Nunca mais na vida dançarão desta maneira. Estes dois parecem príncipes dançando, diz a mãe. Às vezes riem com um riso só deles, malicioso, inimitável, ninguém consegue saber o porquê. Não dizem uma palavra, apenas o fato de se olharem faz com que riam. E, ao redor deles, os outros os veem em sua alegria. Mas eles não sabem disso.

O chinês chora ao vê-los. Diz baixinho a palavra: adoração.

A mãe ouviu. Ela diz que sim, que é isso mesmo... que é a palavra entre aquelas duas crianças.

Ouve-se a voz do irmão mais velho. Está se dirigindo à mãe.

— Paulo deveria evitar mostrar-se dessa maneira em público, ele dança com um pé... É preciso parar com isso... que ele tome o seu partido...

Ninguém parece ter entendido, salvo, mas isso não é certo, a criança.

O irmãozinho e sua irmã acabaram de dançar. Ela volta para junto do chinês que está sozinho na mesa. Quer dançar com ele. Dançam.

Ela diz:

— Tive medo agora há pouco.

— De que eu o matasse?

[10] No caso de um filme, tudo seria percebido através do olhar. O encadeamento seria o olhar. Os que estão olhando, por sua vez, são olhados pelos outros. A câmera anula a reciprocidade: ela filma apenas as pessoas, isto é, a solidão de cada um (aqui, cada um dança de uma vez). Os planos de conjunto não cabem neste caso já que o conjunto, aqui, não existe. São pessoas sozinhas, "solidões" do acaso. A paixão é o encadeamento do filme.

— Sim.

A criança recomeça a sorrir para o chinês. Ela diz:

— É impossível que compreenda.

— Compreendo um pouco.

— Talvez tenha razão quando diz que nunca o amarei. Digo por agora. Apenas isso. Neste momento, esta noite, eu não o amo, e não o amarei nunca.

O chinês não responde.

A criança diz ainda:

— Eu teria preferido que não me amasse. Que fizesse como faz normalmente com as outras mulheres, a mesma coisa. Era isso que eu queria. Não precisava me amar.

Silêncio.

— Vamos todos embora, exceto Thanh. Inclusive Paulo. Vai ficar sozinho com a sua mulher na casa azul.

Ele diz que sabe disso, tanto quanto é possível sabê-lo.

Continuam a dançar.

O momento é resgatado.

Param de dançar.

— Gostaria que você dançasse com uma das moças da boate. Para que eu possa vê-lo, ao menos uma vez, com outra.

O chinês hesita. Depois vai convidar a mais bonita das animadoras, a que dançou com Paulo.

É um tango.

A criança está encostada a uma balaustrada da boate, em frente a eles: ele, aquele homem da balsa vestido de tussor claro, aquela elegância ágil, estival, um tanto deslocada, ali. Humilhada.

Ela fica olhando.

Ele está perdido na dor. A dor de saber que não é forte o suficiente para roubá-la à lei. E saber que ninguém o fará tampouco, como sabe também que jamais será capaz de matar o pai, que jamais o roubará, que jamais levará a criança em navios, em trens para esconder-se com ela, longe, muito longe. Tanto quanto conhece a lei, conhece-se frente àquela lei.

O chinês volta da dança.

A criança fala de dinheiro, do horror daquilo sem o quê não se pode nada, nem ficar nem partir. Ela diz:

— O que existe são as dívidas. É claro que você não pode compreender isso... ficaria louco. Os salários de minha mãe servem antes de mais nada para isso, para saldar as dívidas. É a despesa maior. O pagamento dos arrozais mortos, incultiváveis, roubados, que não se pode presentear nem mesmo aos pobres.

O chinês diz ainda:

— O pior será na França, quando ele ficar sem o ópio. Então tomará cocaína e aí será muito perigoso. É preciso realmente que sua mãe tire Paulo de junto dele, e bem rápido... Você também, ele pode prostituí-la e faria isso sem hesitar para comprar a droga. De você ele ainda tem medo... mas não por muito tempo. Para mim, é como se vivessem com um assassino.

A criança conta:

— Ele já tentou me prostituir. Era um médico de Saigon de passagem por Sadec. Thanh ficou sabendo pelo próprio médico... Thanh queria matá-lo.

A criança para de dançar. Pergunta ao chinês:

— Faria isso por qualquer um: dar-lhe cem piastras?...

— Sim.

A criança ri e diz:

— Por quê?

— Não sei muito bem. Talvez para que fosse mais suportável para a sua mãe. Não. É porque gosto do ópio. É isso, nada mais. Eu compreendo.

— Todos nós pensamos em matá-lo, até mesmo minha mãe. Cem piastras era o preço que eu valia para ele. Foi também o preço que ele pediu ao médico de passagem...

Silêncio. Ele sorri. E pergunta:

— Ele não lhe agradava?...

— Não. Antes quem me agradava era Thanh.

O chinês sabia disso.

Ele diz que vai embora, vai jogar cartas em Cholen. Que o motorista voltará ao La Cascade para buscá-la e ir até a *garçonnière* buscar o dinheiro.

— Vou entregar o dinheiro a Thanh esta noite — ela diz. — Ele o entregará à minha mãe em Sadec.

Fim da dança. O chinês vai cumprimentar a mãe. Ele esquece de pagar, depois se lembra: vai colocar cem piastras no pires que serve a essa finalidade sobre a mesa que estavam ocupando. O garçom apanha o dinheiro, vai trocá-lo, volta, coloca o troco no pires. O chinês foi embora. Esqueceu o troco.

Então, lentamente, o irmão mais velho levanta-se e vai até o bar. Depois vai até o pires e deixa a mão passear sobre a mesa.

Apenas Thanh e a criança perceberam quando o irmão mais velho apanhou o dinheiro. Estão rindo. Não tocam no assunto. Riem. Às vezes a criança e Thanh riem ao verem o irmão mais velho roubar dinheiro. Pronto: colocou-o no bolso.

Nessa noite estava apavorado por causa do garçom que fora até a mesa recolher a gorjeta e que gritava contra os clientes *que esqueciam o serviço*. Assim que o irmão mais velho o viu, saíra para esperar os outros no B12, declarando que estava indo embora. A criança já se esquecera: o irmão mais velho é medroso. Ela ainda tem medo. Thanh tem medo também, pelo irmão mais velho.

O irmão menor continua dançando como se nada tivesse acontecido, e não viu a cena.

O irmão mais velho volta e grita: vamos, vamos embora dessa boate lamentável. Fica enlouquecido, ordena ao irmãozinho que saia imediatamente. A criança coloca-se entre os dois irmãos e diz que ele vai esperar até que a dança tenha terminado.

O irmão mais velho espera.

A mãe está bêbada. Ri de tudo, do roubo do dinheiro pelo filho, do medo do filho, da sua agitação exagerada como se aquilo tudo fosse uma comédia muito engraçada, muito viva, esportiva, que ela conhece de cor e que sempre lhe dá prazer — como lhe daria a inconsequência de uma criança.

O irmão mais velho mais uma vez vai para o pátio do La Cascade.

Alguém do La Cascade vem avisar: a boate vai fechar. A música para. O bar fecha.

A criança diz a Thanh:

— Nós realmente somos uma família de vagabundos.

Thanh diz que não tem importância nenhuma, e ri.

A criança diz a Thanh que vai com ele buscar o dinheiro na *garçonnière*, que ele a encontrará na rua Lyautey perto do fosso de prostituição de Alice. Ele sabe onde é. Lembra-se da história que a criança lhe contou, a de Alice e os desconhecidos de carro que paravam ali, no lugar que ela estava dizendo.

A criança falava sobre tudo com Thanh, menos de sua história com o chinês de Sadec. E de Thanh ela só falava com aquele chinês de Sadec.

Todo mundo saiu da boate.

A limusine está acesa por dentro, como uma prisão.

Está vazia. O motorista está esperando a criança.

O irmão mais velho adormeceu no B12. A família inteira olha e não entende onde se meteu o chinês. Só Thanh e a criança têm um ataque de riso.

A mãe e seu filho mais velho sobem no banco de trás do B12.

O irmãozinho senta-se perto de Thanh, como sempre.

O motorista abriu a porta do Léon Bollée.

A criança sobe no banco de trás.

A família fica olhando, espantada. Ainda esperam pelo chinês, depois desistem de entender quando veem a irmãzinha ir embora sozinha no Léon Bollée.

Ela ri. O motorista também.

O motorista diz em francês:

— Meu senhor disse que vamos a Cholen.

O motorista para diante da *garçonnière*. Vai abrir a porta. A jovem salta, entra cuidadosamente na *garçonnière*. Faz como se alguém estivesse dormindo, volta a fechar a porta da mesma maneira. Olha: não há ninguém. É a primeira vez. Não tem pressa nenhuma.

Há um envelope grande sobre a mesa, entreaberto.

Ela não o apanha de imediato. Senta-se na poltrona perto da mesa. Fica assim, contida, com o dinheiro.

Do lado de fora, o motorista desligou o motor do Léon Bollée.

O silêncio é quase total, salvo os cachorros que sempre estão latindo ao longe, na direção das balsas. Dentro do envelope grande há dois outros, um para a mãe e outro para Thanh. Os maços ainda estão com os grampos do banco. A criança não os tira dos envelopes, ao contrário, empurra-os para o fundo do grande envelope amarelo que guarda tudo.

Ela continua lá. Sobre a poltrona está o roupão preto do amante, fúnebre, assustador. O lugar está já definitivamente abandonado. Ela chora. Sempre sentada. Está sozinha com o dinheiro, emocionada por ela mesma diante do dinheiro que conseguiu arranjar fora de casa. Com a mãe fizeram a mesma coisa: apanharam o dinheiro. Suavemente, baixinho, ela chora. De inteligência. De uma indizível tristeza. Não de dor. Isso, de jeito nenhum. Apanha a sua mochila. Coloca dentro o envelope. Levanta-se. Apaga a luz. Sai.

Permanecemos ali onde ela estava.

A luz se apaga na *garçonnière*.

Ouve-se a chave na fechadura. Depois o motor do Léon Bollée. Depois o seu distanciamento, a sua diluição na cidade.

O pensionato Lyautey.

O pátio está vazio.

Como a cada noite, perto dos refeitórios, os garotos estão cantando e jogando cartas.

A criança tira os sapatos, sobe ao dormitório. As janelas estão abertas do lado da rua atrás do pensionato.

Algumas jovens estão nas janelas para olhar a prostituição de Alice que acontece no fosso escuro daquela rua. Com as pensionistas, estão duas vigilantes olhando também. É uma das últimas ruas de Saigon, a do pensionato das meninas abandonadas pelo pai de raça branca.[11]

A criança se aproxima e olha a rua. A gesticulação de um homem sobre uma mulher. O homem e as mulheres estão vestidos de branco.

A prostituição aconteceu. Alice e seu amante levantam-se.

Hélène Lagonelle está entre as jovens que ficaram olhando.

A criança vai se deitar. Hélène Lagonelle e as outras também vão.

Alice volta. Atravessa o dormitório, apaga a luz e deita-se.

A criança se levanta. Atravessa o corredor, o pátio, sai. Vai até a rua do seu encontro com Thanh.

Suavemente, ela chama o nome cantado de Thanh.

---

[11] No grande arrozal de Camau, final do pântano da Cochinchina, os funcionários brancos eram então mantidos obrigatoriamente longe de suas mulheres devido à malária e à peste, na época em estado endêmico na planície dos Pássaros recentemente emergida do mar.

A criança e Thanh.

De trás do pensionato, Thanh surge do escuro. Ela vai até ele. Abraçam-se. Sem uma palavra. Diz que trouxe o dinheiro.

Vão buscar o B12 atrás do pensionato.

Ela entra no banco de trás e se deita. Olham-se. Ele sabe.

Sem dizer nada, ele toma a direção do jardim zoológico. Não há ninguém. Para o carro perto do portão, atrás das jaulas das feras. Ela diz:

— Antes eu vinha aqui sozinha às quintas-feiras. Depois vim com você.

Eles se olham e Thanh diz:

— Você é amante dele.

— Sim... você esperava que não.

— Sim.

O pequeno motorista geme. Fala em vietnamita. Já não olha para ela, que diz:

— Vem, Thanh.

— Não.

— Sempre quisemos isso, você e eu... vem... não precisa mais ter medo... Vem comigo, Thanh.

— Não, eu não posso. Você é minha irmã.

Ele vem. Abraçam-se, respiram-se. Choram. Adormecem sem entregarem-se um ao outro.

A criança acorda. Ainda é noite escura. Ela chama Thanh e diz-lhe que é preciso ir para o hotel Charner antes do amanhecer.

Volta a cair no sono.

Thanh fica olhando-a dormir durante um longo momento e depois se dirige ao hotel Charner.

Hotel Charner. O quarto.

O irmãozinho está lá. Dormindo.

Thanh abre a segunda cama, de armar, e deita-se.

Baixinho, falam da mãe. Ele falou com a mãe de Pierre. Conta à criança:

— Na semana passada Pierre mais uma vez roubou as pessoas da *Fumaria do Mekong*. Ela me disse que se ele não devolvesse o dinheiro iria preso. A ideia da prisão é terrível para ela. Mesmo que ele tenha que partir rapidamente para a França, ela, a mãe, pagará à fumaria. Isso acabará antes da partida. Ela precisa guardar dinheiro para isso também — pagar à fumaria. Não sei como não fica louca.

A criança diz:

— Ela fica louca, você sabe disso.

— Sim, eu sei.

A criança diz mais:

— Sim. Não diga nada à mãe sobre esse dinheiro. Ela deixaria que Pierre o roubasse na mesma noite.

— Eu sei tudo isso. Eu mesmo irei pagar à fumaria. Depois recolocarei o resto no esconderijo.

Silêncio. A criança olha para Thanh e diz:

— Eu o invejarei por toda a minha vida.

E entrega o grande envelope de dinheiro para Thanh, que embrulha-o num pequeno lenço de pescoço com alguns nós, amarra-o à cintura e aperta os nós. Depois disso diz:

— Ele pode querer apanhá-lo.

— Nem mesmo a mim deve dizer onde escondeu o dinheiro — diz a criança.

Thanh diz que mesmo a Paulo, que não tem memória, ele jamais contaria.

A criança olha para Thanh, que adormece.

Quando iam à barragem no B12, Thanh cantava para fazê-la adormecer. E dizia: para espantar o medo dos demônios, espantar o medo da floresta, o dos tigres também, dos piratas e de todas as outras calamidades das fronteiras asiáticas do Camboja.

Thanh adormece. A criança acaricia o seu corpo, pensa na floresta do Sião e chora.

Então Thanh deixa-se levar pela criança, canta mais uma vez para ela que chora, pergunta por que ele não quer saber dela. Ele ri. Diz que carrega o medo de matar os homens e as mulheres de pele branca, que precisa tomar cuidado.

Novamente Cholen.

Algumas vezes o motorista chega sozinho à *garçonnière*. Algumas vezes o chinês ainda não está lá. Ele chega não se sabe de onde, como um visitante, para visitar a criança.

A *garçonnière* quase nunca está fechada, mesmo à noite. O chinês não fecha. Diz que os vizinhos se conhecem. Antes dela, frequentemente, faziam festas juntos, com os vizinhos da rua e também com os das outras ruas. Depois, ele a conhecera e as festas haviam terminado. A criança perguntara se ele sentia falta daquelas festas. Ele disse que não sabia.

Uma noite, uma das últimas noites, o carro preto não está mais na rua do liceu. Ela sente muito medo. Vai até Cholen num daqueles carrinhos de duas rodas. Ele está lá. Sozinho. Está dormindo. Está numa posição muito jovem, encolhido no seu sono. Ela não sabe que ele não está dormindo. Olha-o longamente sem se aproximar. Ele finge estar acordando. Sorri para ela. Olha-a longamente sem dizer uma palavra. Depois estende os braços, ela vai e ele a deita contra o seu corpo. Depois a solta. Diz que não pode. É a partir daí que a ideia da separação penetra no quarto e fica ali, como um mau cheiro de que se quer fugir.

Ele diz que seu corpo já não queria saber daquela que estava partindo e o deixando só, para sempre. Sempre.

Não falava da dor. Deixava-a acontecer. Dizia que seu corpo começara a amar aquela dor e que a dor substituíra o corpo da criança.

Aquilo tudo estava obscuro para ela. Ele se explicava mal.

Poderia se dizer, sim, que ele a amara como um louco disposto a perder a vida. E que agora amava apenas o saber estéril daquele amor, o que fazia sofrer.

Mas toda noite o motorista esperava a criança no Léon Bollée.

Ele a toma em seus braços. Pergunta se não há uma hora em que os portões do pensionato se fecham. Ela diz que sim — é claro — mas que se pode passar pela porta do vigia.

— Ele nos conhece. E se não ouvir, vamos para trás das cozinhas, chamamos um dos garotos e ele abrirá a porta da mesma forma — ela diz.

Ele sorri dizendo:

— Todos os garotos as conhecem.

— Sim. Entramos e saímos quando queremos. Somos como irmãos e irmãs. Com eles eu falo o anamita, não faz diferença alguma.

A raiva aparece repentinamente, toma conta da criança, que mal consegue contê-la. Ela diz:

— Se eu fosse obrigada a voltar para lá todas as noites, minha mãe sabe disso, eu apanhava o meu irmãozinho e Thanh e fugia para Prey-Nop. Na barragem.

O chinês pergunta onde fica exatamente. Ela diz que não faz diferença ele não saber. Ele repete:

— Na barragem. Com Paulo e Thanh. Ela diz que parece o paraíso.

Ela diz que sim, que é isso, o paraíso.[12]

Ele pergunta:

— Acontece de você não voltar ao pensionato?

— Não. A não ser quando a minha mãe vem, já lhe disse, vou com ela para o hotel Charner. Raramente vou ao cinema sozinha. Meu irmãozinho sempre vem com Thanh, vamos juntos.

— Algumas vezes ia sozinha com Thanh à barragem?

— Frequentemente. Para o plantio ou para pagar os empregados, após as chuvas.

Ela conta que dormiam juntos na mesma cama de campanha, que era ainda muito pequena para que ele a possuísse. Que brincavam de sofrer por não poderem. De chorar por aquele desejo — ela completa: depois ele fez política e me amou.

O chinês não intervém mais. Deixa-a falar. Fica olhando para ela. Ela sabe: Não é para ela que está olhando mas para as primeiras fileiras do Cinema Éden, onde vão todas as noites as jovens mestiças fugidas dos dormitórios do Lyautey.

Ela diz:

— Raramente vou ao cinema com Hélène. Ela se aborrece, não entende nada. O que acontece, sabe, é que nós não pagamos no Éden.

---

[12] Esse sonho durou anos depois da partida da criança: rever Prey-Nop, a pista de Réam. À noite. Também a estrada de Kampot até o mar. E os bailes da cantina do porto de Réam e as danças, "Noites da China", "Ramona", com os jovens estrangeiros que faziam contrabando na costa.

Antes, quando minha mãe estava em Saigon esperando a sua nomeação para um posto, ela tocava piano no Éden. Por isso a direção agora nos deixa entrar de graça... Estava esquecendo, vou também com o meu professor de matemática ao cinema.

— Por que ele?

— Porque me convida. É um jovem. Ele se aborrece em Saigon.

— Ele lhe agrada...

A criança, em dúvida:

— Mais ou menos...

— E Thanh?

Ela parece pensar e diz:

— Como responder a isso... ele me agrada mil vezes mais que o professor de matemática. Muito, muito, ele me agrada muito. Sabe disso.

— Sim.

— Por que está perguntando então?...

— Para sofrer por você.

Ela fica repentinamente doce. Diz que gosta muito de falar de Thanh.

Ele diz também gostar muito de Thanh, que é impossível não gostar dele.

Ela diz também que um dia Thanh voltará para a sua aldeia na Cadeia do Elefante, que fica na direção do Sião. Ficará bem perto das terras da barragem.

Estão perto do arroio da Companhia marítima, onde vão todas as noites desde que começou o grande calor.

O motorista para diante de uma espécie de balcão coberto de ramagem. Bebem choum.

O chinês fica olhando a criança, adorando-a, e diz:

— Adoro você, não há nada a fazer — ele sorri — mesmo com o sofrimento.

O motorista bebe com eles. Nesses lugares os três bebem choum juntos, riem juntos, mas nunca, espontaneamente, o motorista dirige a palavra à criança.

Ela olha para o chinês, quer dizer-lhe alguma coisa. Ele sabe disso:

— O que há?

Ela diz que esta noite gostaria de voltar para o pensionato.

— Por causa de Hélène — diz —, ela fica me esperando, e se não chego, fica triste. Não dorme.

O chinês olha para ela:

— Não é verdade.

— Tem razão, não é mesmo verdade.

Ela diz:

— A verdade é que quero ficar sozinha, pelo menos uma vez. Para pensar em você e em mim. No que aconteceu.

— E também não pensar em nada.

— Sim, e também em nada.

— Quanto ao que vai ser de você, não, tenho certeza de que nunca pensa nisso, no que vai lhe acontecer.

— Nunca, é verdade.

Ele diz que já sabia.

Ela sorri para o seu amante, reencontra-o, esconde-se contra o seu corpo. Diz:

— Acho que a minha vida começou com a nossa história.

A primeira da minha vida.

O chinês acaricia os cabelos da criança e diz:

— Como sabe...

— Isso, que às vezes tenho vontade de morrer, de sofrer, tenho vontade de ficar sozinha, sem você para poder amá-lo, e sofrer por você, e pensar em coisas que eu faria.

Levanta os olhos para ele e diz:

— Da mesma maneira que você também tem vontade de ficar sozinho.

— Sim — ele diz —, é quando dorme à noite que a deixo.

Ela ri e diz:

— Comigo é à noite também, mas eu pensava que com você era quando falava em chinês.

Ela vira o rosto e conta:

— No mês passado pensei que estava esperando um bebê. Tive um atraso nas regras de quase uma semana. Primeiro tive medo, tem-se medo não se sabe muito por quê, e então, quando o sangue voltou... lamentei...

Cala-se. Ele puxa-a para si. Ela está tremendo. Não está chorando. Sente frio por ter dito aquilo.

— Tinha começado a imaginar como ele seria. Pude vê-lo. Era um tipo de chinês como você. Você estava comigo, brincando com as mãos dele.

Ele não diz nada. Ela pergunta se o seu pai teria cedido no caso de uma criança.

Até que ele responde. Diz que não, que teria sido dramático mas ele nunca teria cedido.

A criança fica olhando-o chorar. Chora também, escondida dele. Diz que vão se ver de novo, que não pode ser de outra maneira... Ele não responde.

A criança atravessa o grande pátio do pensionato Lyautey.

No fundo do corredor, na direção das cozinhas, a luz dos garotos está acesa. O que está cantando é o mesmo do *paso doble*. Esta noite está cantando uma canção que ela, a criança, conhece de cor, aquela que Thanh cantava ao amanhecer quando saía da floresta, antes de Kampot.

A criança gostava daquelas travessias do grande pátio do pensionato Lyautey, os pátios, os dormitórios, também o medo em plena noite, tudo isso lhe agradava. E o desejo dos garotos nativos pelas jovens brancas que voltavam tarde da noite lhe agradava também.

Na cama ao lado da sua, Hélène Lagonelle está dormindo.

A criança não a acorda. Também ela, assim que fecha os olhos, cai no mesmo sono comum, vertiginoso, das crianças.

A *garçonnière*.

Estão na cama, um contra o outro. Não se olham. A dor do chinês é terrível. Na criança, o medo de Long-Hai começa a acontecer quase todas as noites na *garçonnière*. O medo de morrer.

Esta noite, é de Hélène Lagonelle que ela está falando. Diz que gostaria de levá-la lá. Que ele a possuísse. Se é ela quem está pedindo, Hélène Lagonelle virá.

— Eu gostaria muito disso, que a possuísse como se eu a estivesse oferecendo a você... gostaria que isso acontecesse antes que nos separássemos.

Ele não compreende. É como se as palavras o deixassem indiferente. Não olha para ela, que chora enquanto fala. Ele olha para outro lugar, para a rua, para a noite.

Ela diz:

— Seria um pouco como se fosse a sua mulher... como se ela fosse chinesa... e que ela me pertencesse e eu a estivesse dando a você. Gosto de amá-lo com esse sofrimento por mim. Estou aqui com vocês dois. Olhando. Dou permissão para que me traiam. Hélène tem 17 anos. Mas não sabe nada. É linda como eu nunca vi igual. É virgem. É de deixar maluco... ela não sabe disso. Nada, não sabe nada.

O chinês se cala. A criança grita:

— Eu a desejo por você, muito... e entrego-a... entende ou não?...

Ela gritou. O chinês está falando sozinho. Não fala de Hélène mas de sua dor.

— Não entendo mais nada, não entendo mais como aconteceu... como aceitei isso de meu pai, deixá-lo assassinar assim o filho, como fez.

Silêncio. A criança deita-se sobre o corpo do seu amante. Bate nele, grita:

— Também ela, Hélène, está muito triste... ela nem sabe que está triste... Todas as pensionistas estão apaixonadas por ela, Hélène. As vigilantes, a diretora, os professores. Todos. Ela nem liga. Talvez ela não perceba, não saiba. Mas poderia vê-lo. Você a possuiria da mesma forma que faz comigo, com as mesmas palavras. E depois, por uma vez, você nos confundiria, ela e eu. Enquanto estão me esquecendo eu olho para vocês e choro. Faltam dez dias para a partida. Nem posso pensar nisso, de tal maneira é forte a imagem de você e ela...

O chinês grita:

— Eu não quero saber de Hélène Lagonelle. Não quero mais nada.

Ela se cala. Ele adormece. Dorme no ar quente do ventilador. Ela diz o seu nome baixinho: a única vez. E adormece. Ele não ouviu.

Subitamente, na noite escura, chegou a chuva. A criança estava dormindo.

O chinês dissera calmamente, como se saísse do fundo do tempo, do desespero:

— Começou a monção.

Ela havia acordado. E ouvido.

A chuva derramava-se sobre a cidade. Era um rio inteiro cobrindo Cholen.

A criança voltara a adormecer.

O chinês dissera docemente à criança que viesse ver a chuva da monção, o quanto era bela e desejável, sobretudo à noite durante a canícula que a precedia. Ela abrira os olhos, não queria ver nada, voltara a fechá-los. Não quer ver nada. Não, ela diz.

E virara-se para a parede.[13]

Ele está muito pensativo, muito só.

Estão muito sós. Já privados um do outro. Já distantes.

Silêncio.

Até que ele faz a pergunta ritual. Já estão falando por falar. Estão trêmulos. As mãos trêmulas.

— O que vai acontecer com você na França?

— Tenho uma bolsa, vou estudar.

— O que sua mãe quer para você?

— Nada. Ela queria tudo para os seus filhos. Mas para mim ela não quer mais nada. Paulo... talvez o mantenha junto dela... O que eu gostaria é que ele ficasse com Thanh, aqui, no bangalô da barragem.

O chinês pergunta coisas sobre Thanh.

— De onde vem a sua família?

---

[13] Ela não sabe mais onde estavam nessa primeira chuva da monção. Talvez ainda no café do estuário bebendo *choum*, ou junto às jaulas das feras do Jardim das Plantas, escutando as panteras negras a lamentar a falta da floresta, ou ali, naquela *garçonnière*. Lembra-se do ressoar da chuva na galeria esmagando o corpo sem atingi-lo, aquele súbito bem-estar do corpo libertado da dor.

— Ele não sabe. Era muito pequeno quando minha mãe o trouxe. Curioso, ele não se lembra dos seus pais, de nada, apenas dos seus irmãozinhos e irmãzinhas. E da floresta.

— Ele não procurou saber notícias dos seus irmãos e irmãs?

— Não. Ele diz que seria impossível que ainda estivessem vivos.

Silêncio.

Ela se lança sobre ele com brutalidade. Fica ali, contra o seu corpo.

Estão chorando.

Ela diz, pergunta:

— Nunca mais nos veremos. Nunca?

— Nunca mais.

— A menos que...

— Não.

— Vamos esquecer.

— Não.

— Vamos fazer amor com outras pessoas.

— Sim.

Choro. Estão chorando, bem baixinho.

— Até que um dia vamos amar outras pessoas.

— É verdade.

Silêncio. Estão chorando.

— E um dia falaremos de nós, com pessoas novas, contaremos como era.

— E um outro dia, mais tarde, muito mais tarde, escreveremos a história.

— Não sei.

Choram.

— Um dia vamos morrer.

— Sim. O amor estará no caixão com os corpos.

— Sim. Os livros estarão fora do caixão.

— Talvez. Ainda não podemos saber.

O chinês diz:

— Sabemos sim. Sabemos que haverá livros.

Não pode ser de outra maneira.

Novamente o barulho da chuva em plena noite.

Seus corpos sobre a cama. Estão no mesmo abraço, agora adormecidos.

Pode-se vê-los, está muito escuro devido ao céu negro da monção — o que permite reconhecê-los também é a pequena silhueta da criança deitada contra a outra, esguia, do chinês do Norte.

Um despertador toca na *garçonnière* apagada.

A criança se levanta. Olha para fora. A luz ainda não é a do dia. Lembra-se. E chora.

Toma uma ducha. Apressa-se enquanto chora. Olha o despertador. É muito cedo, antes das seis ainda. Ele deve ter-se lembrado e dito ao motorista para colocar o despertador.

O céu ainda é noturno, escuro.

O motorista abre a porta. Entrega-lhe uma xícara de café e um doce chinês.

Ela se lembra. Esquecera-se da partida do irmão mais velho.

O motorista deve levá-la ao porto da Companhia de transporte marítimo.

O motorista toma o caminho dos arroios. Vai rápido.

Depois os reencontramos diante das grades exteriores da Companhia marítima.

Lá estão Thanh e o irmãozinho, em frente à grande plataforma do cais de embarque.

O sol surge num céu indiferente, cinza.

No cais está o navio de partida: um navio de três classes. É este.

Atrás da grande grade estão o irmãozinho e Thanh, "fechados do lado de fora". A criança vai juntar-se a eles.

Diante da grade, sozinha, está a mãe com seu filho mais velho. Pierre, o que vai partir.

Há apenas algumas outras pessoas de raça branca.

Dir-se-ia uma partida de presidiários.

Misturados aos "passageiros da ponte" estão policiais nativos em uniforme cáqui, descalços.

Sempre há alguns perto dos navios de partida. Por causa dos traficantes de ópio, dos fugitivos das prisões, dos penetras, a ralé de todas as raças, de todos os tráficos.

As pontes da primeira e segunda classes estão ocupadas pelos hindus que descerão em Colombo e por outros passageiros de cor indefinida que deverão descer em Cingapura.

É uma partida rotineira.

Na ponte inferior do navio está o irmão mais velho. Ele desceu da ponte da primeira classe para ficar mais perto da mãe.

Ela faz de conta que não o vê. Ele tenta rir como se fizesse uma piada. Não vê o irmão e a irmã. Fica olhando para aquela mulher envergonhada, sua mãe, que explode em soluços.

É a sua primeira separação da mãe. Ele está com 19 anos.

A criança e o irmãozinho choram um contra o outro, selados num desespero de sangue que não podem dividir com ninguém. Thanh os mantém abraçados, acariciando os seus cabelos e as suas mãos. Chora por suas lágrimas, chora também pelas lágrimas da mãe. De amor pela criança.

A mãe. Está virada para o navio. Não se pode ver o seu rosto. Ela se vira. Vem para perto das grades, apoia-se nelas ao lado dos filhos que lhe restam. Chora em silêncio, baixinho, não tem mais forças. Já está morta. Como Thanh, ela acaricia o corpo de seus dois filhos separados do outro, seu irmão mais velho, aquela criança perdida pelo amor de sua mãe, perdida por Deus.

A sirene do navio tocou.

A mãe fica louca.

Põe-se a correr. Foge na direção do navio.

Thanh abre a grade e vai ao seu encontro. Toma-a nos braços. Ela não resiste e diz:

— Não estou chorando porque ele está partindo... estou chorando porque está perdido, é isso que vejo, que já está morto... que não quero mais revê-lo, não vale mais a pena.

Enquanto o navio se afasta, Thanh a impede de ver. O irmão mais velho afasta-se, a cabeça baixa, abandona a ponte, não olhará mais a sua mãe.

Desaparece no interior do navio.

Ficaram ainda muito tempo ali, abraçados, os três.

Até que Thanh soltou a mãe. Ela não olhou mais. Sabe que já não adianta mais. Que já não se distingue mais nada, nem os corpos nem os rostos. Thanh é o único a chorar ainda. Chora pelo conjunto. Por ele mesmo, órfão reconduzido ao seu estatuto de criança abandonada.

A porta da *garçonnière* está aberta. Ela entra. O chinês está fumando ópio. Fica indiferente à criança.

Ela chega perto dele, deita-se, junto dele, mas apenas isso, quase sem tocá-lo.

Chora a pequenos intervalos. Ele deixa. Ela está suave, como que distraída dele. E ele sabe disso.

Silêncio. Ele diz:

— Acabou.

— Sim.

— Ouvi as sirenes.

Ele diz também:

— É apenas triste. Não deve chorar. Ninguém morreu.

A criança não responde, parece ter ficado indiferente.

Até que diz uma coisa que soube naquela mesma manhã por Thanh. Que a mãe colocou o filho como pensionista na casa do seu antigo tutor, longe, na Dordonha. Que não o verá mais quando voltar para a França. Que era por isso que estava tão desesperada por deixá-lo. Ela diz:

— Ela sente remorsos por ter-nos abandonado durante anos, Paulo e eu. Acha que isso é grave.

O chinês fala de seu casamento para que a criança se esqueça da partida do irmão mais velho. Ele diz:

— Minha mulher vem para Sadec. É a última visita antes do casamento. Preciso ir a Sadec para visitá-la.

A criança ouviu. Subitamente está ali, na frente dele, pronta para ouvir a história, aquela que é mais forte que a sua, mais cativante, a de todos os romances, a história da sua vítima: *A outra mulher* da história, ainda invisível, a de todos os amores.

O chinês vê que a criança voltou para ele, que está escutando. Continua a contar enquanto a acaricia. Diz ainda: Sabe como é, acontece da mesma maneira como tem acontecido há dois mil anos na China.

Ela pede que mesmo assim ele conte mais.

— Quando vi minha mulher pela primeira vez ela tinha dez anos. Eu tinha vinte. Fomos designados pelas famílias quando ela tinha seis. Nunca falei com ela. É rica como eu. Nossas famílias nos designaram sobretudo por isso, pela equivalência de nossas fortunas. Ela é coberta de ouro — ele sorri —, de jade, de diamantes, como a minha mãe.

A criança escuta-o como ele deseja. E pergunta:

— E por que mais eles a designaram?

— Pela grande moral da sua família.

A criança sorri, um pouco zombeteira. O chinês também sorri e diz:

— Às vezes esqueço como você ainda é pequena, uma criança... Quando fica ouvindo as histórias é que me lembro...

Ela continua junto dele na cama de armar. Esconde o rosto contra o seu peito. Está infeliz.

Não está chorando. Ela não chora mais. O chinês diz baixinho:

— Meu amor... minha pequena...

A criança toca o rosto do chinês:

— Está quente como se estivesse com febre.

Ele a segura pelo braço, olhando-a fixamente para vê-la melhor. Olha-a "para sempre numa só vez" antes do final da história de amor. Diz:

— Está querendo me dizer alguma coisa...

— Sim. Menti para você. Fiz 15 anos há dez dias.

— Não faz mal.

Ele hesita e diz:

— Meu pai sabia. Ele me contou.

A criança grita:

— No fim das contas, o seu pai é revoltante.

Ele sorri para ela e completa:

— Os chineses também gostam de garotinhas, não chore. Eu já sabia.

— Não estou chorando — diz ela.

Está chorando.

Ele diz:

— Também eu tenho uma coisa para lhe contar... — ele diz — mandei levar ópio para o seu irmão. Ele estava como um morto, sem nenhum ópio... Vai poder fumar no navio... Mandei entregar também um dinheiro só para ele.

Ela se afasta dele, esquivando-se subitamente. Não responde nada. Ela diz:

— Assim está bom.

— Sim. Não estou sofrendo nada. Faça-o você para que eu a olhe.

Ela faz. E, em meio ao seu prazer, diz o nome dele em chinês. Ela fez. Olham-se, até as lágrimas. E, pela primeira vez na vida, ela diz as palavras que convém dizer — as palavras dos livros, dos trens, do cinema, da vida, de todos os amantes.

— Eu o amo.

O chinês esconde o rosto, fulminado pela soberana banalidade das palavras pronunciadas pela criança. Diz que sim, que é verdade. Fecha os olhos e diz baixinho:

— Acho que foi isso que aconteceu conosco.

Silêncio.

Ele a chama mais uma vez:

— Minha pequena... minha criança...

Beija-lhe a boca, o rosto, o corpo. Os olhos.

Fez-se um grande silêncio.

Ele não olhou mais para ela. Soltou os braços de seu corpo.

Afastou-se dela. Ficou imóvel. Ela sente o mesmo medo de Long--Hai.

Ela se levanta, enfia o vestido, apanha os sapatos, a mochila e fica ali, no meio da *garçonnière*.

Ele abre os olhos. Vira o rosto para a parede para não vê-la mais e diz com uma suavidade que ela já não reconhece:

— Não volte mais.

Ela não sai. Diz:

— Como vamos fazer...

— Não sei. Não volte nunca mais.

Ela pergunta, diz:

— Nunca mais. Mesmo que você me chame.

Ele não respondera. Depois sim, dissera:

— Mesmo que eu a chame. Nunca mais.

Ela sai. Fecha a porta atrás de si.

Espera.

Ele não a chama.

Só quando chegou ao carro ela gritou.

Era um grito sombrio, longo, de impotência, de raiva e de desgosto como se tivesse sido vomitado. Um grito falado da China antiga.

Então, de repente, o grito diminuíra, tornara-se o lamento discreto de uma amante, uma mulher. Foi no final, quando já era apenas doçura e esquecimento, que a estranheza voltara àquele grito, terrível, obsceno, impudico, ilegível, como a loucura, a morte, como uma loucura ilegível.

A criança não reconhecera mais nada. Nenhuma palavra. Nem a voz. Era um grito de chamada à morte, de quem, de quê, de que animal, não se podia saber muito bem, de um cachorro, sim, talvez, e ao mesmo tempo de um homem. Confundidos, ambos, na dor do amor.

Um ônibus na estrada: pode-se reconhecer ser o da balsa.

A criança está nesse ônibus.

Está indo para Sadec. Vai ver a mãe.

A porta está aberta. Imagina-se que não há ninguém. A mãe está lá, na sala, dormindo, recostada na sua cadeira de balanço. Está aproveitando a corrente de ar da porta. Os cabelos estão despenteados. Perto dela, agachado, junto à parede, está Thanh. A criança entra. A mãe acorda. Vê a filha. Tem um sorriso muito suave, ligeiramente zombeteiro. Diz:

— Eu sabia que viria. Estava com medo de quê?

— De que você morresse.

— É exatamente o contrário. Estou descansando. Como se fossem férias. Não tenho mais medo que se matem... Estou feliz.

A voz se interrompe. Ela chora. Silêncio. Põe-se a olhar para a filha. Ri ao mesmo tempo que chora, como se a estivesse descobrindo.

— Que chapéu é este...

A jovem, chorando, sorri para a mãe.

A mãe também sorri, reflete, não vê as lágrimas da filha, vê apenas o chapéu.

— Até que não lhe fica mal... É diferente. Fui eu que lhe comprei isto?

— Quem mais poderia ser? — Ela sorri. — Há dias em que conseguimos que compre o que queremos.

— Onde foi?

— Na rua Catinat. Eram sobras de liquidações.

A mãe está com ar de quem bebeu. Ela muda bruscamente de conversa e pergunta:

— O que é que Paulo vai fazer...

A criança não responde e a mãe insiste:

— Há algumas coisas que ele poderia fazer... Agora que não terá mais medo.

A criança diz que ele terá medo a vida inteira.

A mãe faz a mesma pergunta a Thanh:

— O que você acha que Paulo poderia fazer no futuro...

Thanh responde à criança:

— Ele pode ser contador. Ele conta bem. Também pode trabalhar com mecânica. Tem muito jeito com os automóveis... Mas é verdade que sentirá medo por toda a vida.

A mãe não quer falar desse medo. Ela diz:

— É verdade... isso acontece muito... crianças como ele, atrasadas, serem muito fortes em cálculo... gênios algumas vezes — novamente as lágrimas —, eu não o amei suficientemente, Paulo... talvez tudo venha daí...

— Não — diz Thanh —, não deve pensar assim. Está no sangue, na família.

— Você acha?...

— Tenho certeza.

Silêncio. A mãe diz à sua filha:

— Sabe, eu desisti. O Cadastro acabou aceitando recomprar-me as terras do alto com o bangalô. Com este dinheiro pagarei as dívidas.

Thanh olha para a jovem e faz-lhe um sinal de que não, o que a mãe está dizendo não é verdade. A mãe não percebe o sinal de Thanh. Se tivesse percebido seria a mesma coisa.

Silêncio. A criança olha para as paredes peladas e diz:

— Levaram os móveis.

— Sim. A prataria também. As quinhentas piastras que sobraram estou guardando para a França.

A criança sorri e grita:

— Não daremos mais nada aos chineses, aos *chettys*. Não pagaremos mais nada.

A mãe também sorri e grita:

— Sim. Tudo isso acabou. Acabou. — Subitamente está falando como os seus filhos. — Eles podem esperar sentados... Nada.

Os três começam a rir.

Paulo ouviu o riso e chegou. Senta-se perto de Thanh, como ele, encostado à parede. E também ele ri com o mesmo riso da mãe, deselegante, imenso. Um "riso do Norte", dizia o irmão mais velho.

A criança diz:

— Quanto a mim, também não deve se preocupar. Sempre haverá alguém, um dia, que se casará comigo.

A mãe acaricia a cabeça da criança. Paulo sorri para a irmã.

Depois Thanh e Paulo saem. Vão buscar o chá frio — sem açúcar — que a mãe toma todos os dias aconselhada por Thanh — para "refrescar o sangue".

Mãe e filha ficam sozinhas.

A mãe "sonha" com aquela criança que está perto dela, a sua.

— É verdade... você agrada aos homens. Deve saber disso. E também sabe que, se agrada a eles, é por você, pelo que é. E não por sua fortuna, porque a sua fortuna é zero, tanto na chegada quanto na saída...

Param de rir.

Segue-se um silêncio. E a mãe interroga a criança.

— Ainda se encontra com ele...

— Sim — ela diz. — Ele me pediu que não voltasse mais lá, mas irei assim mesmo. Não pode ser de outra maneira.

— Então... Não é só pelo dinheiro que se encontra com ele.

— Não... — a criança hesita. — Não é só por isso.

A mãe, espantada, subitamente dolorosa, diz baixinho:

— Teria se ligado a ele...?

— Sim, talvez.

— Um chinês... é engraçado...

— Sim.

— Então está infeliz...

— Um pouco...

— Que tristeza... Meu Deus, que tristeza...

Silêncio. A mãe pergunta:

— Veio com ele...

— Não. Vim de ônibus.

Silêncio. Depois a mãe diz:

— Eu gostaria muito de rever esse homem, sabe...

— Ele não ia querer.

— Não seria pelo dinheiro, mas por ele... Dinheiro — ela ri — eu nunca ganhei tanto.

Riem. Seu riso é o mesmo, jovem.

A criança olha o lugar dos móveis em palissandra levados pelos usurários.

Ela pergunta se o que estava esculpido nas portas do móvel do salão eram aveleiras e esquilos. Diz já ter-se esquecido.

A mãe olha para as marcas do móvel na parede. Também ela já não sabe mais o que era, e diz:

— Na minha opinião, eram nenúfares; aqui os nenúfares e os dragões sempre se parecem. Que felicidade partir sem nada, sem móveis, nada.

A criança pergunta:

— Quando é que partimos, exatamente?

— No máximo em seis dias, a menos que haja um atraso imprevisto — silêncio. — Na verdade, já vendi minhas camas para os *chettys*. Caro. Estavam em muito bom estado. Sentirei falta das camas coloniais... na França as camas são muito moles... durmo mal na França, mas azar...

Silêncio.

A mãe diz:

— Não estou levando nada. Que alívio... minhas malas estão prontas. Só me falta fazer uma triagem nos papéis, as cartas de seu pai, seus deveres de francês. E também não posso me esquecer dos bônus de compras da *Samaritaine* para as coisas de inverno. Você não sabe disso, mas logo estaremos no outono quando chegarmos à França.

A mãe adormeceu. A criança sai, passeia, olha, reconhece coisas.

Thanh está na cozinha, lavando o arroz para o jantar. Paulo está perto dele.

Seria um dia normal antes de todas essas novidades acontecidas depois das últimas férias — há oito meses.

A criança visita a casa. Estão faltando móveis. No quarto de Dô eles apanharam a velha máquina de escrever.

As camas dos quartos ainda estão lá, marcadas com etiquetas escritas em chinês.

A criança vai até o banheiro. Olha-se no espelho oval que não foi retirado.

No espelho passa a imagem do irmãozinho que atravessa o pátio. A criança chama-o baixinho: Paulo.

Paulo viera até o banheiro pela pequena porta do lado do rio. Beijaram-se longamente. Depois ela despiu-se e deitou-se ao lado dele e mostrou-lhe que deveria vir sobre o seu corpo. Ele fizera o que ela havia dito. Ela o beijara mais e ajudara-o.

Quando ele gritou ela se deitara sobre o seu rosto para que a mãe não ouvisse o grito trágico de sua felicidade.

Foi aquela a única vez, em toda a vida de ambos, que se entregaram um ao outro.

Fora um prazer que o irmãozinho até então não havia conhecido. As lágrimas rolaram de seus olhos fechados. E haviam chorado juntos, sem uma palavra, como sempre acontecera.

Naquela tarde então, naquela confusão da felicidade, naquele sorriso maroto e doce de seu irmão, a criança havia descoberto que vivera um único amor entre o chinês de Sadec e o pequeno irmão da eternidade.

O irmãozinho adormecera sobre o assoalho fresco do banheiro.

A criança deixara-o ali.

Voltara para perto da mãe na sala.

Thanh estava novamente lá.

A mãe está bebendo o chá gelado e amargo. Ela sorri para Thanh, diz que nunca beberá um chá como o seu na França.

Pergunta onde está Paulo. Thanh diz que não sabe muito bem, que certamente deve ter ido à nova piscina municipal. A criança e Thanh não se olham mais depois que ela voltou para a sala.

A mãe pergunta à criança se ela ainda vai ao liceu. Ela responde que não. Com exceção das aulas de francês, por prazer.

— Está esperando o quê?

— Nada.

A mãe reflete e diz:

— Sim... é a palavra... Não esperamos mais nada.

A criança acaricia o rosto da mãe, sorri para ela.

É então que a mãe diz à criança o que é que as separa, o que sempre as separou.

— Eu nunca lhe disse... mas precisa saber... Eu não tinha a sua facilidade para os estudos... Além disso, eu era séria demais, fui assim por muito tempo... foi assim que perdi o gosto do meu prazer...

A mãe ainda diz à filha:

— Continue sendo como é. Não me escute nunca mais. Prometa-me. Nunca mais.

A criança chora e promete:

— Eu prometo.

A mãe, por diversão, subitamente hipócrita, fala do chinês:

— Dizem que vai se casar...

Nenhuma resposta. A mãe diz com doçura:

— Responda. Você nunca me responde.

— Acho que sim. Vai se casar. Aqui em Sadec... exatamente por estes dias... A menos que desista de tudo no último minuto... de seu noivado... das ordens de seu pai...

A mãe está abismada e grita:

— Acha que ele seria capaz disso...?

— Não.

Mais calma, a mãe diz:

— Então não há nenhuma esperança...

— Mais nenhuma.

A mãe, só, mas sempre calma:

— Não... tem razão... As crianças chinesas são educadas para o respeito aos pais... são como deuses para elas... chega a ser repugnante... Mas eu poderia falar com ele uma última vez, uma última, última vez... não? Poderia explicar-lhe... o risco que estou correndo... explicaria a nossa situação claramente. Que ao menos não abandonasse você...

— Ele não vai me abandonar. Nunca.

A mãe fecha os olhos como se fosse adormecer.

De olhos fechados diz:

— Como pode afirmar isso?...

— Eu sei... como se sabe que um dia vamos morrer.

A mãe chora baixinho. Ela diz entre lágrimas:[14]

— Mas que história... Meu Deus... que história... E você... o esquecerá?

A criança responde contra a sua vontade:

— Eu... não sei, e mesmo que soubesse não poderia dizer a você.

A mãe faz um olhar vivo, jovem. Liberada por não esperar mais nada, ela diz:

— Então não diga nada.

E pergunta à filha:

— Há coisas que você não me conta... ou não há...

A criança baixa os olhos. Depois recompõe-se... diz que há mas não faz a menor diferença. A mãe diz que é verdade. Que não faz diferença alguma.

Paulo voltou. A mãe pergunta-lhe onde estava. Paulo responde: na piscina municipal. É a primeira mentira do irmãozinho.

A criança e Thanh sorriem. A mãe não sabe de nada. O irmãozinho sentou-se perto de Thanh.

Thanh "denuncia" naturalmente a conduta da mãe com seu filho mais velho. Ela escuta aquilo como outra coisa qualquer, faz um ar de achar interessante, natural. Thanh aponta-a com o dedo. Ele diz:

— Ela deu a ele quinhentas piastras a mais. Foi obrigada a isso. Disse que se não o fizesse ele a mataria, mataria a sua mãe. E é verdade. Ela sabe disso.

---

[14] A autora gosta muito dessas conversas "caóticas" mas de uma naturalidade *resgatada*. Pode-se falar aqui de "*camadas*" *de conversa justaposta*.

A criança olha para a mãe, que está indiferente. Hipócrita, abertamente.

A criança pergunta a Thanh o que ele fez:

— O que foi que você fez?

A mãe ouve, interessada. Thanh responde:

— Escrevi para o seu pai que o filho mais velho roubara o dinheiro que havia sobrado. Depois o seu pai me responde pedindo-me que vá vê-lo. Fui. Deu-me então mais quinhentas piastras para ela. Ela aceitou. Assim ficou reparado. E Pierre partiu, não pode mais roubá-la.

A mãe parece ter dormido, cansada de si mesma, de todas aquelas histórias, inclusive da sua, nas quais está envolvida sem saber exatamente como, de que maneira.

Paulo ri, malicioso, como teria rido de uma farsa. Ele pergunta:

— O pai pagou tudo?

A criança olha para a mãe. Vai abraçá-la. A mãe começa a rir em silêncio. Pequenos gritos saem de seu corpo. Depois todos riem. É uma gargalhada familiar. Estão contentes porque o irmãozinho falou sem ter sido solicitado.

A criança pergunta se o pai pagou tudo... assim... sem impor condições.

Thanh ri e diz que a única condição imposta pelo pai foi que dessem o fora da colônia.

Todos riem até às lágrimas, sobretudo Paulo. Thanh prossegue:

— Seu pai escreveu à nossa mãe para dizer-lhe que seu filho contraíra dívidas em todas as fumarias de Sadec e até mesmo de Vinh-Long. E, como é menor, 18 anos, a mãe é responsável pelas dívidas de seu filho. Se o pai do chinês não pagar será nossa mãe quem perderá o seu trabalho, então não terá mais dinheiro e no fim irá para a cadeia.

A mãe ouviu atentamente. Então, repentinamente, recomeça a rir, grita de tanto rir. Chega a dar medo. Ela diz:

— E se eu não quisesse mais voltar para a França?

Ninguém responde. É como se não tivesse dito nada.

E, realmente, não diz mais nada.

A criança diz a Thanh — na "linguagem Thanh":

— O pai pagou todas as dívidas com a condição de que déssemos o fora, é isso?

— É isso.

O irmãozinho ri. Também ele repete, lentamente:

— A menos que déssemos o fora.

Thanh ri como uma criança e diz:

— É isso... Também as quinhentas piastras que Pierre roubou o pai devolveu-lhe, a ele, Pierre, porque sem isso ele não pode mais fumar e a falta é terrível. Fica deitado o dia inteiro. Pode se matar. Então o pai lhe dá quinhentas piastras. (Tempo.) Depois o pai escreveu à mãe uma segunda carta em língua francesa para dizer-lhe que é preciso que ela dê o fora, que ele já está farto dessa história, do irmão, do ópio, e outra e outra vez o irmão, e o dinheiro, e mais e mais... e o resto.

Gargalhada geral da mãe e de Thanh também, e do irmãozinho e da criança.

— E na carta — continua Thanh — há ainda quinhentas piastras para ela. Na carta o pai pede que não se diga nada à mãe. Porque o seu filho não sabe de nada. Ele não quer que o filho saiba da história do dinheiro que ele dá à mãe.

A criança, sorrindo, pergunta a Thanh:

— Como sabe de tudo isso?

— Sabendo. As pessoas me contam. E eu tenho memória... tenho memória por vocês todos... até mesmo Pierre... o pai do chinês... às vezes ele me conta a história da sua família quando fogem da China, eu adormeço, ele continua.

E todos riem com Thanh.

— E a mãe parou de ouvir. Todos falem mais baixo. O passado aborrece a mãe.

Então a criança vai para o pátio. Encosta-se ao muro do jardim. E Thanh vai ao seu encontro. Beijam-se, cheiram-se os rostos, os olhos, os cabelos. Ela diz o seu nome:

— Thanh.

Diz-lhe que ele irá para o Sião e também para outros lugares, a Europa, a França, Paris. Por mim, ela diz.

— Sim. Por você. Sim, quando tiverem partido eu voltarei a Prey-Nop e depois ao Sião.

— Sim, eu sei. Já disse isso a Paulo também?

— Não. Disse somente ao chinês e a você. A mais ninguém.

— Por que ao chinês...?

A criança fica com medo. Pergunta a Thanh se não vai tentar encontrar os seus pais, se não está inventando histórias... Thanh diz que nunca mais pensou neles desde que haviam conversado, ele e ela, sobre o assunto. Pensou apenas nos irmãozinhos e irmãzinhas, na floresta do Sião. Nunca.

A criança retoma a sua pergunta:

— Por que falou sobre isso ao chinês?

— Para voltar a vê-lo depois da sua partida. Para que nos tornemos amigos. Para falar de você, de Paulo, de nossa mãe — sorri —, para chorarmos juntos o amor por você.

O B12 está na estrada. Thanh está dirigindo. A criança vai ao seu lado. Ele a está levando de volta a Saigon. Deverão passar na *garçonnière* antes de ir ao Lyautey. A criança tem medo. Diz isso a Thanh. Thanh diz que também ele teme pelo chinês.

Cholen.

O Léon Bollée está lá com o motorista. Ele vem até perto da criança, sorri para ela. Diz que o patrão foi jogar cartas e vai voltar. O motorista diz à criança que a *garçonnière* está aberta. Que foi o patrão quem pediu, caso ela chegasse antes dele.

Thanh voltou para Sadec.

A criança entra na *garçonnière*. Olha. Talvez para não se esquecer. Depois despe-se, toma uma ducha, deita-se na cama, no lugar dele, junto à parede, ali onde pode sentir o cheiro chinês de chá e de mel. Beija o lugar do corpo. E adormece.

Quando o chinês entra está amanhecendo.

Despe-se. Deita-se ao lado dela. Olha-a. Depois diz com doçura:

— Como fica pequena na cama.

Ela não responde.

Olhos fechados, pergunta:

— Encontrou-se com ela?

Ele responde que sim.

Ela diz:

— É bonita?

— Ainda não sei. Mas acho que sim. É grande, robusta, muito mais que você. (Tempo.) Deve saber tudo por você e por mim.

— Como saberia?

— Pelas empregadinhas de Sadec talvez, você me disse um dia: Elas são muito jovens, têm a sua idade, 15, 16 anos, são curiosas. Sabem tudo o que acontece em todas as casas de todos os postos.

— E você, como saberia...

— Por nada. Por tudo. Não sei.

A criança diz que perguntar coisas desse gênero é o começo do casamento.

O chinês hesita e diz:

— Certamente que sim. Não falei com ela.

— É sempre assim na China?

— Sempre. Há séculos.

Ela diz:

— Nós não conseguimos absolutamente compreender isso... sabe disso...

— Sim. Mas nós compreendemos. E não podemos compreender vocês quando dizem que não compreendem.

O chinês se cala, depois continua:

— Estamos diante do desconhecimento total um do outro, e isso pode-se dizer também, e compreender, a maneira de se calar, de se olhar, também.

— Ela voltou para a Manchúria.

— Não. Ela deixou a Manchúria para sempre. Está morando na casa da minha tia em Sadec. Seus pais vão chegar amanhã para preparar o quarto dos noivos, nupcial, como vocês dizem.

— Sim.

A criança foi deitar-se na poltrona. O chinês está fumando ópio. Parece estar indiferente.

Ela diz que não se ouve mais o disco americano nem a valsa que o rapaz tocava ao piano. O chinês diz que talvez ele tenha ido embora daquela rua.

Depois o chinês diz à criança que venha para perto dele.

Ela faz o que ele quer, coloca-se junto ao seu corpo. Coloca a sua boca contra a dele. Ficam ali. Ela diz:

— Você fumou muito.

— Não faço outra coisa. Não tenho vontade. Não sinto mais amor. É maravilhoso, incrível.

— Como se nunca tivéssemos nos conhecido.

— Sim. Como se você estivesse morta há mil anos.

Silêncio.

Ela pergunta:

— Que dia será o casamento?

— Já terão partido para a França. Meu pai informou-se na Companhia marítima. Estão todos três na lista de partida da primeira semana antes do casamento.

— Ele adiantou a data do casamento.

— Se a data fosse marcada enquanto você ainda estivesse aqui eu não teria aceitado.

A criança pergunta se ele sabe pelo pai de todos os roubos de dinheiro do irmão mais velho, todas aquelas complicações com a mãe.

Ele diz que não sabe, que não lhe interessa. Que não é nada para o seu pai, absolutamente nada... esses pequenos roubos, nem se fala disso.

Ela diz que talvez se vejam novamente uma vez. Mais tarde. Dentro de alguns anos. Uma única vez ou muitas vezes. Ele pergunta para que voltar a se ver.

Ela diz:

— Para saber.

— O quê?

— Tudo o que aconteceu em nossas vidas, na sua e na minha...

Silêncio.

Então ela lhe pergunta mais e mais onde foi que ele viu a sua noiva pela primeira vez. Ele diz:

— Na sala da casa de meu pai. E também na rua quando ela chegou à casa de meu pai para ser vista por mim na presença dele.

— Você me disse: Ela é bonita.

— Sim, bonita. Bonita de ver, eu acho... A pele é branca e muito fina como a pele das mulheres do Norte. Ela é mais branca que você.

Mas é muito robusta e você, tão pequena e magra... Tenho medo de não conseguir.

— Não consegue erguê-la...

— Talvez sim... mas você pesa o mesmo que uma mala... posso jogá-la sobre a cama... como uma malinha...

A criança diz que a palavra "robusta" vai fazê-la rir dali em diante.

— Ela ainda não tem o direito de olhar para mim. Mas me viu, isso se sabe. Ela leva muito a sério o costume chinês. As mulheres chinesas assumem o papel de esposas quando recebem a permissão para nos verem, quase ao final do noivado.

Ele a olha com todas as suas forças. Desnuda com as mãos o seu rosto para vê-la até o *nonsense*, até não reconhecê-la mais.

Ela diz:

— Eu gostaria que nos tivéssemos casado. Que fôssemos amantes casados.

— Para fazer sofrer um ao outro.

— Sim. Fazer sofrer o máximo possível.

— Talvez morrer.

— Sim. Sua mulher também talvez possa morrer. Como nós.

— Talvez.

— Por este sofrimento que eu provoco nela e em você, vocês também estarão se casando por mim.

— Já estamos assim, casados por você.

Bem baixinho, muito suavemente, ela chora, diz que não pode controlar o choro, que não pode...

Calam-se. Há um grande silêncio. Não se olham mais. E ela diz:

— Haverá também os filhos.

Choram.

— Você nunca conhecerá esses filhos — ele diz. — Conhecerá todos os filhos da terra, mas esses não, jamais.

— Jamais.

Ela coloca-se contra ele. Com um gesto leve ele abre-lhe um espaço contra o seu peito. Ela chora na sua pele e ele diz:

— Por toda a minha vida será a você que terei amado.

Ela ergue-se.

Grita.

Diz que ele será feliz, que ela quer assim, que sabe que ele vai amar aquela mulher chinesa. Ela diz: Juro a você.

Então diz que haverá os filhos e que os filhos, todos, são a felicidade, que a verdadeira primavera da vida é isso, os filhos.

Ele a olha como se não tivesse ouvido. Olha, olha, e diz:

— Você é o amor de mim.

E chora sobre aquela primavera de filhos que ela nunca verá.

Choram.

Ela diz que nunca esquecerá o seu cheiro. Diz ele que é o seu corpo de criança, a cada noite aquela violação do corpo magro. Ainda sagrado, diz ele. Que nunca mais conhecerá aquela felicidade — ele diz: Desesperado, louco, querendo matar-se.

O longo silêncio do fim da noite chegou. E novamente uma cortina de chuva cai sobre a cidade, inunda as ruas, o coração.

Ele diz:

— A monção.

Ela pergunta se aquelas chuvas tão fortes são boas para os arrozais.

Ele diz que é o melhor.

Ela ergue os olhos para aquele homem. Em meio às lágrimas ainda olha para ele. E diz:

— E o meu amor terá sido você.

— Sim. O único. Da sua vida.

A chuva.

Seu perfume chega até o quarto.

Um desejo muito forte, sem memória, faz com que os amantes se entreguem mais uma vez.

Adormecem.

Acordam.

Adormecem novamente.

O chinês diz:

— A chuva, aqui, com você, mais uma vez... minha pequena... minha pequena criança...

Ela diz que é verdade, que era a primeira vez desde que haviam-se conhecido, a chuva. E duas vezes na mesma noite.

Ela pergunta se ele possui arrozais. Não, os chineses nunca, ele diz. Ela pergunta que comércio os chineses fazem. Ele diz: O de ouro, de ópio, muito, e de chá também, muito, porcelanas, laca, azul, "azul--chinês". Diz que há também os "compartimentos" e as operações das Bolsas. Que a Bolsa chinesa está presente no mundo inteiro. Que no mundo inteiro também se come agora a comida chinesa, até mesmo os ninhos das andorinhas e os ovos centenários incubados.

— O jade também — ela diz.

— Sim. E a seda.

E depois se calam.

E depois se olham.

E depois ela o toma contra si.

Ele pergunta: o que há?

— Estou olhando para você.

Ela olha por um longo tempo. Depois diz que um dia será preciso que ele conte à mulher tudo o que aconteceu entre mim e você, ela diz, entre seu marido e a menina da escola de Sadec. Tudo, vai precisar contar, a felicidade tanto quanto o sofrimento, o desespero tanto quanto a alegria. Ela diz: Para que seja mais e mais contado por pessoas, não importa quem, para que toda a história não seja esquecida, que fique algo de muito preciso, mesmo os nomes das pessoas, das ruas, os nomes dos colégios, seria preciso dizer os nomes dos cinemas, os cantos dos garotos à noite no Lyautey e até mesmo os nomes de Hélène Lagonelle e de Thanh, o órfão da floresta do Sião.

O chinês perguntara por que à sua mulher? Por que contar a ela e não a outras?

Ela havia dito: Porque será com a sua dor que ela compreenderá a história.

Ele perguntara ainda:

— E se não houver dor?

— Então tudo será esquecido.

Ele estava no banco de trás do grande carro preto estacionado ao longo da parede de um entreposto do porto. Vestido como sempre. Com o terno de tussor grego. Na posição do sono.

Não se olham.

Veem-se.

Sempre aquela mesma multidão no cais na partida dos navios de linha.

Alguém grita uma ordem pelos alto-falantes dos rebocadores.

As hélices começam a girar. Dão braçadas, trituram as águas do rio.

O barulho é terrível.

Sempre nessa hora tem-se medo. De tudo. De nunca mais rever aquela terra ingrata. E aquele céu de monção, de esquecê-lo.

Ele deve ter-se mexido no banco de trás, para a esquerda. Para ganhar alguns segundos e vê-la mais uma vez para o resto de sua vida.

Ela não olha para ele. Nada.

E eis que surge aquela canção da moda, aquela Valsa Desesperada da rua. Sempre as músicas de partida, nostálgicas e lentas para embalar a dor da separação.

Então, mesmo os que estão sozinhos, que não acompanham ninguém, partilham da estranha tragédia de "partir", de "deixar" para sempre, de ter traído o destino que descobrem ser o seu no momento de perdê-lo, e que mesmo assim traíram, somente eles.

Ele deve estar olhando para as pontes da primeira classe. Mas ela não está lá, está mais longe nesta mesma ponte, está perto de Paulo que já está feliz, já distraído com a viagem. Livre meu irmãozinho adorado, meu tesouro, fora do pavor pela primeira vez na vida.

O turbilhão imóvel das máquinas cresce, torna-se ensurdecedor.

Ela continua não olhando para ele. Nada.

Quando abre os olhos para vê-lo mais uma vez, ele não está mais lá. Foi embora.

Ela fecha os olhos.

Não o terá visto passar.

Na escuridão dos olhos fechados ela encontra o odor da seda, da pele, do chá, do ópio.

A ideia do cheiro. Do quarto. Dos seus olhos cativos que batiam sob os seus beijos, da criança.

No cais ainda os gritos, os nomes, a tragédia da partida para o mar.

Ele certamente desaparecera muito rapidamente depois que o navio havia atravessado a linha do cais. Quando ela procurava o irmãozinho nas pontes.

A passarela é retirada.

A âncora é içada numa confusão de fim de mundo. O navio está pronto, majestoso. Flutuando sobre o rio.

Parece que não, que é impossível.

Mas pronto. O navio afastou-se da terra.

Gritos.

O navio flutua sobre as águas da doca.

Ainda é preciso ajudá-lo, colocá-lo em posição no canal, no ângulo justo do mar e do rio.

Lentamente, adorável, o navio obedece às ordens. Coloca-se reto numa certa direção, ilegível e secreta, a direção do mar.

O céu com o ruído das sirenes estava ainda repleto de fumaça negra, uma brincadeira, poderia se pensar, mas não.

E então, por toda a vida da criança, naquela hora do dia, a direção do sol se invertera.

Ela se lembra.

À sua frente, apoiada à amurada, estava aquela jovem morena que também contemplava o mar e, como ela, chorava por tudo, e por nada.

Lembra-se disso que havia esquecido.

Da popa do navio viera um rapaz vestido com um paletó escuro como na França. Trazia uma máquina fotográfica a tiracolo. Fotografava as pontes. Pendurava-se para fora da amurada e fotografava também a proa do navio. Depois fotografava apenas o mar. Depois mais nada. Olhava para a grande jovem morena que já não chorava mais. Deitara-se numa espreguiçadeira e olhava para ele, sorriam um para o outro. A jovem grande esperava. Fechava os olhos, fingia dormir. O rapaz não viera na sua direção. Havia retomado a sua caminhada na ponte. Então a jovem grande havia-se levantado da espreguiçadeira e aproximara-se dele, o rapaz. Falaram-se. Em seguida ambos haviam olhado o mar. E depois puseram-se a caminhar juntos no convés da primeira classe.

A criança não os vira mais.

Deitou-se numa espreguiçadeira. Poderia se dizer que adormecera. Não. Está olhando.

No assoalho da ponte, nas paredes do navio, no mar, com o percurso do sol no céu e também o do navio, desenha-se, desenha-se e destrói-se com a mesma lentidão, uma escrita ilegível e cortante de sombras, de arestas, de traços de luz partida e retomada nos ângulos, os triângulos de uma geometria fugitiva que se esvai ao sabor da sombra das ondas do mar. Para depois, novamente, incansavelmente, existir outra vez.

A criança desperta com a chegada do alto-mar, quando o navio vai tomar o rumo oeste, o do golfo do Sião.

Com o tempo claro pode-se ver o navio muito lentamente perder altura e muito lentamente também afundar na curvatura da terra.

A criança adormecera na espreguiçadeira. Só acordara diante do mar aberto. Havia chorado.

Ao seu lado estavam os dois passageiros já de volta que olhavam o mar. E que, como ela, estavam chorando.

O calor ainda é grande. Ainda não atingimos a zona do vento frio, do vento salgado e áspero do alto-mar. Vamos atingi-lo depois das primeiras ondas, após termos contornado a extremidade do Delta, uma vez ultrapassados os últimos arrozais da planície dos Joncs, em seguida a ponta de Camau, limite extremo do continente asiático.

As pontes foram apagadas. Estão ainda cheias de gente acordada ou ainda adormecida sobre as espreguiçadeiras. Exceto no bar da primeira classe onde sempre, dia e noite e até bem tarde da noite, a maior parte do tempo até de manhã, há gente acordada jogando cartas e dados e falando alto, rindo, zangando-se também e bebendo, todos, uísque-soda, Martel-Perrier, e também Pernod, seja qual for a natureza da viagem, de negócios ou lazer, ou a nacionalidade dos viajantes, do jogo.

Aquele bar da primeira classe era o lugar sossegado da viagem. O grande lugar do esquecimento infantil.

A criança toma a direção do bar, não entra, é claro, dirige-se para o outro convés. Não há ninguém ali. Os viajantes estão a bombordo para aguardar a chegada do vento do alto-mar. Deste lado do navio está apenas um homem muito jovem. Sozinho. Está apoiado à balaustrada. Ela passa por trás dele. Ele não se vira. Certamente não a viu. É curioso que não a tenha visto naquele ponto.

Ela tampouco pôde ver o seu rosto, mas se lembra desse estar quase vendo o seu rosto como de um estar quase vendo a viagem.

Sim, é isso mesmo, ele estava usando uma espécie de *blazer*. Azul. Com listras brancas. Uma calça do mesmo azul, mas lisa.

A criança tinha ido até a balaustrada. Por estarem tão sós, ambos, daquele lado do navio num convés tão deserto, queria muito que se falassem. Mas não. Esperara alguns minutos. Ele não se virou. Queria ficar sozinho, mais que tudo no mundo desejava isso, estar sozinho. A criança havia ido embora.

Ela nunca se esquecera daquele desconhecido, certamente porque teria lhe contado a história do seu amor com um chinês de Cholen.

No final da ponte, quando virou para trás, ele não estava mais lá.

Desceu então para os corredores de bordo. Ainda está procurando a cabine dupla onde ela e a mãe têm seus leitos.

Até que subitamente para de procurar. Sabe que não adianta nada, que sua mãe continuará desaparecida.

Torna a subir ao convés.

Na outra ponte a criança também não encontra a mãe.

Até que a vê, desta vez está mais longe, ainda dorme, numa outra espreguiçadeira, ligeiramente virada para a frente. A criança não a acorda. Volta mais uma vez para os corredores. Espera. Depois parte outra vez. Está procurando o seu irmãozinho Paulo. Até que para de procurá-lo. E volta para os corredores. Deita-se ali, diante da cabine dupla cuja segunda chave a mãe esqueceu-se de entregar-lhe mas ela se lembra onde é. E chora.

Adormece.

Um alto-falante havia informado que a terra desaparecera. Que atingimos o alto-mar. A criança hesita e depois volta ao convés. Ondas muito leves chegaram com o vento do mar.

A noite chegou ao navio. Tudo está iluminado, o convés, os salões, os corredores. Mas não o mar, o mar está mergulhado na noite. O céu está azul na noite escura, mas o azul do céu não se reflete no mar por mais calmo que esteja, e tão escuro.

Os passageiros estão novamente debruçados na balaustrada. Estão olhando para aquilo que não veem mais. Não querem perder a chegada das primeiras ondas do alto-mar e com elas o frescor do vento que se abate, de uma só vez, sobre o mar.

A criança ainda procura a mãe. Desta vez encontra-a entregue àquele sono de imigrante em busca de uma terra de asilo.

Deixa-a dormir.

A noite finalmente chegou. Em poucos minutos estava lá.

Um alto-falante anuncia que o serviço de restaurante começará dentro de dez minutos.

O céu está tão azul, o vento tão fresco que as pessoas hesitam um pouco e finalmente se dirigem, pesarosas, para o restaurante.

A mãe está lá, sentada diante de uma mesa. Adiantada, como sempre. Espera pelos filhos. Deve ter ido até a sua cabine, e voltado. Trocou de roupa. Colocou o vestido que Dô lhe fez, em seda vermelho-escura com pequenas pregas, mas que estão grandes e fazem o vestido pender um pouco em todas as direções. A mãe penteou-se, colocou um pouco de pó no rosto e um pouco de batom nos lábios. Para não ser vista, escolheu uma mesa de canto com talheres para três.

A mãe sempre se mostrara impressionada com aquelas viagens nos navios de linha. Dizia dar-se conta ali de que nunca havia alcançado a educação que faltara à jovem camponesa do Norte que fora, antes de correr os mares para ver como era a vida em outros cantos.

A criança nunca havia esquecido aquela primeira noite a bordo do navio.

A mãe havia se queixado baixinho e dissera que se Paulo não chegasse para jantar iria desorganizar todo o serviço. Depois a mãe pedira ao garçom que não as servisse imediatamente. O garçom havia dito que o serviço acabaria às noves horas mas que ele esperaria ainda um pouco mais. A mãe agradecera como se ele lhe tivesse salvo a vida.

Haviam esperado mais de 15 minutos, em silêncio.

A sala de jantar se enchera. Até que um momento, atrás da mãe, a porta se abrira e era Paulo, o irmãozinho. Havia chegado com a grande jovem que estava com o fotógrafo no convés quando o navio partira. Paulo havia visto sua irmã sem olhar para ela. A mãe fingira interessar-se por todas as pessoas da sala e não apenas por eles.

Paulo lançou um olhar suplicante à irmã. Ela compreende que não deve reconhecê-lo. A jovem mulher também a olha, reconhece a menina do convés tão só e chorosa, e sorri para ela. A mãe continua olhando para a sala de jantar cheia de gente. Está como de hábito, sem entender bem, pasma, cômica, sempre.

A criança havia olhado para a mãe enquanto Paulo passara e sorrira para ela.

Ambas se calam enquanto o jantar lhes é servido.

Foi a esta altura da noite, com a subitaneidade da tragédia, que surgira o horror. Pessoas gritaram. Nenhuma palavra, mas gritos de horror, soluços, gritos que acabavam em choro. A tragédia era tão grande que ninguém conseguia enunciá-la, dizê-la.

Estava aumentando. Gritavam por toda parte. Vinha do convés, da sala de máquinas também, do mar, da noite, do navio inteiro, de toda parte. Inicialmente isolados, os gritos reúnem-se, transformam-se num único clamor, brutal, ensurdecedor, assustador.

As pessoas correm, querem saber o que está acontecendo.

E então choram.

E depois o navio diminui a marcha. Com todas as suas forças ele diminui ainda mais.

Gritam para que todos se calem.

O silêncio estende-se por todo o navio. Depois há o silêncio total.

É nesse silêncio que se ouvem as primeiras palavras, voltam os gritos, quase baixos, surdos. De pavor. De horror.

Ninguém ousa perguntar o que aconteceu.

Pode-se ouvir claramente, no silêncio:

— O navio parou... ouçam... não se ouvem mais as máquinas...

Então o silêncio volta. O comandante chega. Fala num alto-falante. E diz:

— Um acidente terrível acaba de acontecer no bar... um jovem rapaz jogou-se ao mar.

Um casal entra na sala de jantar. Ele de branco, ela de vestido de noite preto. Ela está chorando. Diz a todos:

— Foi alguém que se jogou no mar... passou correndo diante do bar e jogou-se da balaustrada... Tinha 17 anos.

Voltam todos para o convés. A sala de refeições esvaziou-se. Todos os passageiros estão no convés. Os gritos dão lugar a choros bem baixos. O horror tomou conta de tudo, mais profundo, mais terrível que os gritos.

A mãe e a criança estão chorando, pararam de comer.

Todos saíram da sala de jantar. Vão andando ao léu. As mulheres chorando.

Alguns jovens também. Todas as crianças pequenas foram levadas para as cabines. As mulheres as mantêm apertadas contra os seus corpos.

Restam no restaurante apenas algumas pessoas, sempre as mesmas, em qualquer lugar do mundo: aqueles que apesar de tudo têm fome, que querem jantar, que chamam os garçons com grosseria, que dizem ter o direito de jantar, de serem servidos, que pagaram por aquilo. São aquelas pessoas a quem ninguém responde mais hoje em dia.

Os garçons deixaram a sala de jantar.

Ao longe, uma voz de homem diz que estão descendo os barcos de salvamento, para que todos se afastem das balaustradas.

As pessoas continuam querendo ver.[15]

---

[15] As vozes estão misturadas como nos salões vazios de *India Song*.

— Dezessete anos... o filho do administrador de Bienhoa... Há uma amiga da família na segunda classe que falou com o comandante: nada foi encontrado na cabine do rapaz... nem uma palavra para os pais, nada... estava voltando para a França.

Estudos brilhantes. Um rapaz encantador...

Silêncio. Então os rumores recomeçam:

— Não o encontrarão mais...

— Está muito longe agora...

— Um navio precisa de vários quilômetros para parar...

A criança esconde o rosto e diz baixinho à mãe:

— Felizmente Paulo veio antes. Teríamos tido medo... Que horror...

A mãe também esconde o rosto, faz o sinal da cruz e diz baixinho:

— Precisamos agradecer a Deus e pedir perdão por tal pensamento.

Novamente as vozes misturadas:

— Voltaremos a partir ao amanhecer... o mais terrível é isso... esse momento... o abandono da esperança...

— ...Os navios precisam esperar 12 horas antes de partir, ou então o nascer do sol, já não sei mais...

— ...O mar vazio... a manhã... que terrível...

— ...Abominável... uma criança recusando-se a viver. Não há nada pior.

— Nada, é verdade.

Reina no navio parado um silêncio quase total.

As pessoas ainda esperam nos escaleres. Acompanham com os olhos as tochas que varrem a superfície do mar.

A esperança ainda existe, não desapareceu de todo, é murmurada, mas a palavra é pronunciada:

— ...É preciso ter esperança ainda. É preciso. A água do mar é quente nestas zonas... E ele pode nadar por muito tempo... é tão jovem...

— ...Acha que ficará quente por toda a noite...

— ...Sim. E o vento não está forte, isto conta muito...

— ...E Deus está presente... é preciso não esquecer...

— É verdade...

Mais lágrimas. Depois param.

— O pior seria que ele nos visse e não quisesse mais nada.

— Nem viver. Nem morrer...

— Sim, é isso.

— Que espere mais para tentar saber o que o faria voltar para o navio.

Repentinamente, com a mesma subitaneidade do acidente, a música invadiu as pontes, os salões, o mar. Vinha da sala de música. "Alguém que não sabe", dizem.

Alguém diz já ter ouvido aquele piano antes do acidente mas muito ao longe, como se viesse de outro navio.

Uma voz grita que é alguém que não sabe... que não ouviu os gritos. Que é preciso avisá-lo...

A música está em toda parte, invade as cabines, as máquinas, os salões. Forte.

— É preciso ir avisá-lo.

Uma voz mais nítida, jovem, diz que não:

— Avisar por quê?

Uma outra voz. Esta, chorando:

— Ao contrário, pedir-lhe sobretudo que não pare de tocar... sobretudo... que é para uma criança... é preciso dizer-lhe isso... especialmente esta música... que ele deve reconhecer... pode-se ouvir em toda parte...

Aquela música da rua, exatamente em moda naquele momento para os jovens, que fala da louca felicidade do primeiro amor e do sofrimento ilimitado, inconsolável por tê-lo perdido.

O rumor de deixar continuar a música que vem do salão espalha-se.

O navio inteiro escuta e chora pelo jovem desconhecido.

A criança saiu de perto da mãe. Está procurando o salão de música.

Todo o navio está apagado.

O salão de música fica bem na frente do navio. Está iluminado pela luz refletida das tochas no mar. A porta está aberta. A criança subitamente sente como uma esperança no coração. Tomara que nos tenhamos enganado. Tomara que seja verdade que nunca sabemos, que nunca podemos saber tudo, nunca, todos dizem isso.

Ela vai até a porta. Olha.

Esse tem os cabelos pretos. Está usando um traje branco de fabricação artesanal. Sem dúvida é mais velho.

Ela espera mais. Olha mais. Não.

Não é isso. Nunca mais será, isso, que desejara morrer durante os poucos segundos que precederam o seu gesto para a balaustrada.

Acabou.

A criança deitou-se no chão sob uma mesa encostada à parede. Aquele que estava tocando piano não a ouvira, nem vira. Tocava sem partitura, de memória, no salão apagado, aquela valsa popular e desesperada da rua.

A luz que entra pelo salão ainda é aquela, reverberada, das tochas.

A música havia invadido o navio parado, o mar, a criança, tanto a criança viva que tocava piano quanto aquela que se mantinha de olhos fechados, imóvel, suspensa nas águas pesadas das zonas profundas do mar.

Anos após a guerra, a fome, os mortos, os campos, os casamentos, as separações, os divórcios, os livros, a política, o comunismo, ele havia telefonado. Sou eu. Pela voz ela já o reconhecera. Sou eu. Queria apenas ouvir a sua voz. Ela dissera: Olá. Ele tinha medo, como no passado, de tudo. Sua voz estremecera, fora então que ela pudera reconhecer o acento da China do Norte.

Ele dissera alguma coisa sobre o irmãozinho que ela não sabia: que nunca haviam encontrado o seu corpo, que ficara sem sepultura. Ela não respondera. Ele havia perguntado se ela ainda estava na linha, ela dissera que sim, que estava esperando que ele falasse. Ele dissera ter saído de Sadec por causa dos estudos dos filhos, mas que voltaria mais tarde porque era só para lá que desejava voltar.

Foi ela quem perguntou por Thanh, o que acontecera com ele. Ele havia dito que nunca mais tivera notícias de Thanh. Ela perguntara: nenhuma, nunca? Ele dissera, nunca. E ela havia perguntado o que ele achava disso. Ele respondera que a seu ver Thanh havia desejado reencontrar a família na floresta do Sião e que certamente se perdera e morrera lá, naquela floresta.

Ele havia dito que achava curioso, àquela altura, que a história de ambos tivesse permanecido como era antes, que ainda a amava, que nunca na vida poderia deixar de amá-la. Que a amaria até a morte.

Ele havia ouvido os seus soluços ao telefone.

E então, de mais longe, sem dúvida do seu quarto, ela não havia desligado, pôde ainda ouvi-los. Depois ele havia tentado ouvir mais. Ela não estava mais lá. Tornara-se invisível, inatingível. E ele chorou. Muito alto. Com o máximo das suas forças.

As imagens propostas abaixo poderiam servir à pontuação de um filme tirado deste livro. De forma alguma essas imagens — chamadas de planos de corte — deveriam "relatar" a narrativa, ou prolongá-la ou ilustrá-la. Elas seriam distribuídas no filme de acordo com o diretor e não decidiriam nada na história. As imagens propostas poderiam ser retomadas a qualquer momento, à noite, de dia, na estação da seca, na estação das chuvas etc...

Vejo essas imagens como uma coisa externa ao filme, um "país", o país das pessoas do livro, a região do filme. E apenas dele, do filme, sem nenhuma referência de conformidade.

Exemplos de imagens dos planos ditos de corte:

Um céu azul crivado de brilhos.

Um rio vazio na sua imensidão numa noite indecisa, relativa.

O dia que nasce sobre o rio. Sobre o arroz. Sobre as estradas retas e brancas que atravessam a imensidão sedosa do arroz.

Mais um rio em toda a sua grandeza, imensa. Apenas o desenho verde de suas margens é imóvel. Entre elas ele avança em direção ao mar. Inteiro. ENORME.

As estradas da Cochinchina francesa em 1930:

O comprimento reto e branco das estradas com a procissão de charretes de búfalos conduzidas por crianças.

Um rio visto de mais alto. Que atravessa a imensidão da planície de Camau. A lama.

O dia que apaga os brilhos do céu.

Um dia de um outro azul que morre.

Entre o céu e o rio um navio de linha. Ele acompanha as margens da imensidão verde do arroz.

O navio sob a chuva pesada da monção, perdido nas imensidões inundadas do arroz.

A chuva pesada da monção e apenas isso, essa chuva pesada em toda a imagem. Pesada como em nenhum outro lugar.

O rio escuro, bem próximo. Sua superfície. Sua pele. Na nudez de uma noite clara (noite relativa).

A chuva. Sobre os arrozais. Sobre o rio. Sobre as aldeias de palhoças. Sobre as florestas milenares. Sobre as cadeias de montanhas que beiram o Sião. Sobre os rostos erguidos das crianças que a bebem.

Os golfos de Annam, de Tonkin, do Sião, vistos do alto.

A chuva que cessa e sai do céu. A transparência que a substitui, pura como um céu nu.

O céu nu.

As crianças e os cães amarelos que vigiam, que dormem em pleno sol diante das palhoças vazias.

Os carros americanos dos milionários que diminuem a marcha nessas aldeias por causa das crianças.

As crianças, paradas, que olham, sem entender.

As aldeias de veleiros chineses. A noite.

O dia. A manhã. Sob a chuva.

Os camponeses que caminham descalços um por um sobre os taludes. Há milhares de anos.

A brincadeira das crianças e dos cães amarelos. Sua mistura. A graça adorável da sua comunidade.

A graça também, perturbadora, das meninas de dez anos que esmolam tostões nos mercados das aldeias.

E os planos orais também interviriam:

Frases de ordem geral sem consequência sobre o filme, sobre o cheiro do Delta, a peste endêmica, a alegria das crianças, dos cachorros, das pessoas do campo. Ver páginas 9 e 10.

Cantos vietnamitas seriam cantados (várias vezes para que se possa memorizá-los), não seriam traduzidos. Nem mesmo um único canto seria utilizado como acompanhamento (as boates seriam à moda ocidental).

Direção editorial
Daniele Cajueiro

Editora responsável
Maria Cristina Antonio Jeronimo

Produção editorial
Adriana Torres
Mariana Elia

Revisão
Daniel Borges do Nascimento

Diagramação
DTPhoenix Editorial

Este livro foi impresso em 2015 para a Nova Fronteira.
O papel do miolo é chambril avena $80g/m^2$ e o da capa é cartão $250g/m^2$.